榊あおい
偽コイ同盟。
Nise koi doumei

目次 Contents

カバー撮影：佐藤きよた　モデル：鈴木勝大　未来穂香
ヘアメイク：山崎由里子　スタイリスト：山田祐子
衣装協力：HANJIRO HARAJUKU

登場人物紹介

The Characters

朝《あさ》奈《な》まゆり

高校２年生。
ごくごくフツーの
女の子。
松本要《まつもとかなめ》と
付き合っている。

相《あい》沢《ざわ》洋《よう》司《じ》

まゆりのクラスメイト。
学年で一、二の
人気を争うほどの
美少女、佐倉桜花《さくらおうか》
と付き合っている。

浮気契約

「ごめんね。すっかり遅くなっちゃった……」
「何で朝奈《あさな》が謝ってんだよ。俺だって日直なんだからさ」
放課後の教室。
窓から差し込む夕日が、教室内をオレンジに染める。
静まり返った教室にいるのは、あたし朝奈まゆり。
そして、クラスメイトの相沢洋司《あいざわようじ》。

あたしたちは、お互いの出席番号が一番同士ということもあり、一緒に日直に当たることが多い。
今日は、その多くある内の一日。
そう、多くある内の、ただの一日だった。
それだけで過ぎ去るはずだった。

「だってあたしが先生に呼び止められなきゃ、相沢くんだってこんな余計な仕事しなくても良かったでしょ？」
この日、日直の仕事も終わって帰ろうという時に、担任の先生に運悪く見つかってしまい、「日直のふたりでこの仕事を片付けてくれ」と、どっさりとプリントを渡されてしまい、今に至る。
「つか、朝奈ひとりに仕事任せてたら、俺すっげー嫌な奴じゃん？」
気にすんなよ。と言い、相沢くんは冗談混じりに笑った。
それにつられて、思わず笑顔になる。

相沢洋司。

彼とは、名前が「あ」で始まる出席番号一番同士だからなのか、同じクラスになってからよく縁がある。
日直はもちろん、授業で男女のペアを作る時はいつも一緒に組まされていた。
だから、他の男子よりも話す機会は多くなり、あたしたちはよくお互いの笑い話を喋り合う仲になった。

「でも、相沢くんの彼女、待っててくれてるんでしょ？」
「まあね。あ、羨《うらや》ましい？」
「おあいにくさまですー！　あたしだって、超ラブラブな彼氏が待っててくれるもーん」

相沢くんの彼女は、学年で一、二の人気を争うほどの美少女。
佐倉桜花《さくらおうか》。
名字にも、名前にも「桜」の花を連想させる名前で、親しい人たちからは「サクラ」と呼ばれていた。
目は黒目がちで、パッチリ二重。
腰まである長いフワフワな髪の毛を揺らして歩く姿は、後ろ姿ですら可愛さが滲《にじ》み出て見える。
背は150……ちょっとくらい。
小さくて細くて、抱き締めたら折れてしまうんじゃないかと、いつも思っているほどだ。

「あんなお人形さんみたいな彼女、よく付き合ってもらえたよね」
「朝奈、お前ケンカ売ってる？」

ふたりが付き合い始めたきっかけは、以前にも日直が同じだった時に聞いたことがある。
佐倉さんが数名の上級生男子に言い寄られていたところを、相沢くんが助けに入った……、もとい、間に入っていったのが始まりだったらしい。

「あー！　もう六時過ぎてる！　早く帰ろ！　あたしだって、要のこと待たせちゃってるんだから！」
「松本？　どこで待ってんの？」
「多分、自分の教室。いつもそこにいてもらってるから」

松本要《まつもとかなめ》。
この人が、あたしの彼氏。
要と付き合う前に、あたしは他の男子に恋をしていて、告白をした。
結果は、見事に玉砕《ぎょくさい》。
その時に、たまたま要に見られてしまい、慰めてくれたのがきっかけ。
通りかかる人は皆、泣いているあたしを見て見ぬふりをして通り過ぎていったのに、要だけは違った。
知らない人なのに、泣き止むまで隣にいてくれた。
髪を撫でてくれた手に、とても安心したことは今でも忘れない。
あの時から、ずっと身につけていた彼の黒い腕時計が、とても印象に残っている。
その手で撫でてくれたから、あたしの恋が始まったんだもん。

その話を相沢くんに話したとき、「そんな漫画みたいな展開ありえない」と、大笑いされたのを思い出す。
漫画みたいな展開では、相沢くんたちも負けてはいないと思うけど。

あたしと相沢くんは同じクラスで、要と佐倉さんは隣のクラス。
「教室……か。サクラもいるのかな……」
相沢くんが力なく笑う。
その後に、ため息をひとつ。
ふたりの教室へ行こうと急ぐあたしとは反対に、相沢くんは足をゆるめる。
「相沢くん？」
教室行かないの？　という声色《こわいろ》で問い掛けると、相沢くんは、
「うん、行くよ……」
と、苦笑いをした。

『2－2』。
教室の扉の上に、クラスを示すプレートが見えた。
２組は、要と佐倉さんのクラス。
そこからは微かに話し声が聞こえる。
内容までは分からない。
ずいぶん待たせちゃった。
でも、途中で帰らないでふたりともいてくれたんだ。
嬉しさで、フッと笑い声が漏《も》れる。

教室へ近付こうと足を踏み出すと、制服の裾を何かに引かれた。
「朝奈、ちょっと……」
相沢くんが後ろから掴んでいたせいだった。
はっきりしない口振りで、うつむいている。
様子がおかしい。
なぜ態度がおかしいのかは分からない。

それでも、あたしに向かって何かを言いたげなのだけはよく伝わる。
「相沢くん？　なに？　どうしたの……」
相沢くんは少し考え込んだ後、手を離し、軽く笑った。
「ごめん……、何でもない……」
おかしなクラスメイトを不審に思いながらも、こんな時間まで待たせてしまった恋人の元へと足を急《せ》かす。
２組の教室の前まで来ると、遠かった話し声がよく届いた。
要と佐倉さんの声。
その声を確認し、教室のドアに手を掛ける。
待たせちゃってごめんね。
このセリフを喉まで出しかかり、ドアに掛けた手をピタリと止めた。
教室の扉に付いた、小さくて透明な窓。
そこからふたりの姿が見える。
腰まであるフワフワな髪の毛。
後ろ姿ですら可愛い。
そんな彼女の腰に、正面から腕を回すひとりの男子。
ふたりの顔は重なり合って、見えない。

折れそうなくらいに細い腰に回る腕には、黒い腕時計。

見たくないのに、目が離せない。
まばたきすら許されない。
頭が混乱してよく分からない。
なに？　これ……。
だって、あの腕時計は……——。

「朝奈」
小さな声が耳元で聞こえた。
そう思った瞬間、広く大きな手が目を覆《お》った。
突然視界が真っ暗になる。
なのに、ふたりの映像が眼前に貼りついて剥《は》がれない。

「朝奈、こっち」
短く言い放つ声が導く先は、『２－３』と、プレートが示す部屋の中。
隣のクラス。
つまり、あたしと相沢くんの教室。
目を手で塞がれたまま、椅子に座らされる。
「朝奈……、ごめん……」
頭の上から、低くて小さな声。
なんで？　どうして？　相沢くんが謝るの？
あのふたり……、何してたの？
温かい雫が頬を伝って、制服の襟に水玉模様を幾《いく》つも作る。
それは、相沢くんの手の平も濡《ぬ》らした。

そっと手を離される。
視界が、夕日のオレンジと逆光で暗くなった顔を捕らえた。
眉をハの字にし、ひたすら「ごめん」を繰り返している。
「あい……ざわっく……、なんでぇ……っ？」
込み上げる嗚咽《おえつ》の中で、必死に言葉を紡《つむ》ぐ。
なんで？　どうして？　嘘《うそ》でしょ？
今見たのは嘘だって、誰か言って。
「ごめん……」
そんな願いは、相沢くんの声でかき消された。

謝り続けるその言葉が、嘘ではない何よりもの証拠。

要、どうして？
あたしを撫でたその手で、他の子を触るの？
あたしが好きになったその手で。恋をした手で。
腕時計をした手で。
……触るの？
頭が混乱して、ただ泣き続けるあたしとは正反対に、相沢くんは変に冷静な態度でいる。
あたしたちは同時に恋人に裏切られた……はずなのに。
相沢くんは眉をハの字にしたまま、小さく声を出した。
「ごめん……朝奈、俺知ってた……」
何度目かの「ごめん」の後に、耳を疑いたくなるセリフを言い放った。
「しってた……？　って……？」
驚《おどろ》いたせいか、涙は一瞬止まった。
ただ、言葉に耳を傾けるのに精一杯。
「前にも……見たことあるから。松本と一緒にいるところ……」
何度も言い続けた「ごめん」の言葉は、浮気を知っていたのに黙っていたことに対するものなのか、自分の彼女と要が浮気をしたことに対するものなのか、分からなかった。

分かることは一つ。
あたしたちは裏切られた。
その事実だけ。
「悔しくないの？」
いつの間にか、涙は頬に跡を残して止まっていた。

悲しい。
その感情のすぐ後ろについて回る、怒りの気持ち。
その感情だけが、今あたしを喋らせている。
「悔しいし、悲しいよ。当たり前だろ……。でも……」
そこまで声を出した後、相沢くんは口をつぐんだ。
その先は言わなくても知ってる。
それは今あたしが感じてるものと同じ、でしょ？

——別れが怖い。

「俺だって……どうしたらいいか分かんねぇんだよ……」
前髪をクシャッと手で掴み、相沢くんは声を絞るように出した。
泣きそうな声だと思わせるには充分だった。
苦しそうな声を聞いたら、先程の映像が目の前に蘇《よみがえ》った。
オレンジに染まる要の髪。
どちらのものと区別が付かなくなるほどに近付く、キラキラと透けるフワフワな長い髪の毛。
鮮《あざ》やかに映し出される。

そして、芽生えてしまった一つの感情。
それは……。

「じゃあ……、あたしたちも浮気しちゃおっか……」

自分でも信じられない言葉。
目の前にいる相沢くんは、目を見開きこちらを見ている。
「しようよ、浮気。……やり返すの」
そこにあったのは、悲しみ。怒り。そして、ほんの少しの罪悪感。
目の前にいる相手に、愛情なんかかけらもなかった。
それはきっと、彼も同じ。
「いいよ」

あたし達はただの共犯者。
それだけだった。
……始まりは。

誓いのキス

「要一っ、お待たせー！」
ドアに付いている小さな窓から、ふたりの体が触れていないことを確認し、２組の扉を勢いよく開ける。
精一杯作った嘘の笑顔。
それは、あたしの後ろにいる相沢くんも同じ。
「おー、まゆり、お前どんだけ日直に時間かかってたんだよ？」
冗談混じりの声で要が笑う。
その近くで、佐倉さんがクスクスと笑っているのが見えた。
相沢くんと付き合ってるくせに。
さっきまで要と何してたの。
何でもなかったふり、できるんだね。
最低。
何でもなかったふりして笑う、要も佐倉さんも。
……最低。

「洋司くんも遅すぎるよー。あたし先に帰っちゃおうかと思った」
佐倉さんが腰に手を当てて、頬を膨らませた。
数時間前までのあたしだったら、きっとそんな仕草ですら可愛く思っていただろう。
砂糖菓子みたいな、ふわふわな雰囲気の彼女。
今ではただの、汚い女。そんなふうにしか目に映らない。
「悪かったって。担任に仕事押しつけられてたんだよ。……な？」
相沢くんがあたしに相づちを求める。

それを肯定の意味で、笑顔を返事代わりにした。
「それに、松本が一緒にいたんだから、そんなに退屈じゃなかっただろ？」
相沢くんの言葉に、心臓が大きく跳《は》ね上がる。
チラッと盗み見た相沢くんの顔は、相変わらず笑顔。
……作り笑顔。
あたしの方がドキドキしている。
その作り笑顔からは、「浮気してるの知ってんだよ」って、感情がひしひしと伝わる。
あたしの目線に気付いたのか、相沢くんは要と佐倉さんには気付かれないよう、口元で笑みを作った。
目は笑っていない。悪戯《いたずら》をする時の子供の目にも似ている。
こんな……、含み笑いする人だったんだ。
「まあねー、松本くんの話おもしろいし」
佐倉さんが、帰る準備をするためにバッグを取り出す。
「あ、もしかして俺が来なかった方が良かったって思ってる？」
心臓がまた……騒ぐ。
どうしてそんな、挑発するようなこと言うの……。
「ひどーい！　それどういう意味ー？」
疑うようなことを言われたのに、佐倉さんは何だか嬉しそう。
相沢くんも、楽しそうにアハハと笑う。
瞬間、右手に熱が点《とも》った。
ビクッと肩が震える。
後ろから、相沢くんが手を握っている。
焦って後ろを振り向くと、再び不敵な笑みで、口元に人差し指を立てた。
目と仕草だけで伝える「内緒」の言葉。

お互いの恋人がいる前で、隠れて手を繋《つな》ぐ。
彼は秘密の共犯者。
共犯者。それだけ。

「まゆり？　どうした？」
手を握られたのに気を取られ、うつむいて顔を赤くさせたところを、要に問い掛けられた。
ハッとして、慌てて首を振る。
「あ、ううん？　何でもないよ。そろそろ帰ろっか……」
愛想笑いで答え、握られた手を離そうと力を込める。
すると、もっと強い力で手を握られた。
「っ‼」
死角に入った場所。背中側。
ギュッと握られた手が離れない。
「あ……相沢くん……」
小さな声で名前を呼び、顔を見上げる。
その顔は、悪戯に成功した子供みたいな顔をしていた。
「まゆりー？　帰んねぇの？」
帰ろう、と自分で言っておきながら、いつまでもその場から動こうとしないあたしに、要が不思議そうに問い掛ける。
「えっ？　うん、帰るよー……？」
空笑いで答えても、握られた手が離すことを許してくれない。
佐倉さんも、帰るために準備したバッグを片手に、目を丸くさせている。
「洋司くん？　早く帰ろう？」
こちらに近付いてくる。
だめ。今、来られたら、手が……！
背中で握られた手を、ギュッと強ばらせる。

冷や汗が背中に冷たく流れる。
「そうだな。早く帰んなきゃ、どんどん暗くなるし」
相沢くんがパッと手を離し、ニッコリと笑った。
瞬間、緊張の糸がドッと解け、あたしは肩で大きく呼吸をした。
なっ、何考えてんの！　この人！
赤い顔でキッと睨《にら》むと、相沢くんは笑顔であたしの手を引いた。
「えっ……！」
「俺たち、教室にバッグ置いたままだったよな。取ってくるからちょっと待ってて」
まだ熱の残る手を、再び強い力で握られる。
今度は、要と佐倉さんの見ている目の前で。
だけど、ふたりともそんな事は気にする様子もないみたい。
手を引かれて歩く後ろから、佐倉さんの声が、「早くしてね」と、言っているのが聞こえた。
可愛い声。まるで、テレビの中にしかいないアイドルみたい。
その声で、要の名前も呼んでるの？
胸がチクチク痛む。
背中を向けて、良かった。
相沢くんに連れ出してもらえて、……良かった。
ふたりの前で、泣くわけにはいかないから。

「何考えてんの？」
隣の、自分達の教室に入り、相沢くんを問い詰める。
あんなことするなんて……。
「どうって……、浮気、するんだろ？」
真面目な表情の相沢くんが、淡々《たんたん》と言い放つ。
──『あたしたちも浮気しちゃおっか』
そう言ったのは、他でもなく自分自身。

「言った……けど……」
繋いだ手が離れない。離してくれない。
熱が、手から全身に伝わる。熱い。
「でも、相沢くんは……あたしに興味なんかないでしょ？」
知ってる。
だってあたしも、あなたへの愛情なんてかけらもないのだから。
共犯者。そして、一番の理解者。
それ以上の感情は存在しない。
……してはいけない。
「うん、無いよ。朝奈と同じく、ね」
不敵に笑い、握り締める手に力を込めた。
言ってることと、やってることが全然違う。
「だって朝奈は、傷つけてやりたいだけだろ？サクラのこと……」
その言葉に、握られた手が軽くピクッと反応してしまう。
その通り。
あたしは、佐倉さんから大事なものを奪《うば》われた。
だから、今度はあなたの大事な相沢くんを奪ってやるの。
浮気を浮気でやり返すなんて、間違っている。
そんなの初めから分かっていた。
だってしょうがないじゃない。
「人のこと言えるの？」
「まさか。だって俺もお前と同じだもん」
繋いだ手が、強い引力で引かれる。
「ひゃあっ……！」
バランスを崩した脚が、体を支え切れなくなり倒れこむ。
ポスッと、抱き抱えられる感覚に顔を見上げると、真っすぐな瞳がこちらを見ていた。

「俺もお前と同じだよ。松本から奪ってやりたいだけだから……」
お互いの利害が一致しただけ。
あたしは、佐倉さんから相沢くんを。
そして、相沢くんは、要からあたしを。

大切なものを奪って、仕返ししてやるの。

それはつまり、あたしは相沢くんと佐倉さんを別れさせたいということに繋がる。
それは、相沢くんも同じ。
だから、目の前にいる人が、敵なのか味方なのか、分からない。

「あたしは……、要とは別れないから。……絶対に」
抱き留《と》められた格好のまま、睨み上げる。
手が、体が、離してくれない。離れられない。
相沢くんはフッと息を漏らして笑い、繋いだ手に口付けをした。
「無駄だよ、朝奈。お前は俺のことを好きになるしかないんだ」
口付けを許した手が、吐息を感じ取る。
「……ならない。相沢くんなんて、好きになるわけない……」
「なるよ。誓ってもいい」
それはまるで、愛しい人への一生を誓う、愛の言葉のようだった。
あたし達の間に、そんな綺麗《きれい》で甘い響きなんて存在はしないのだけど。

「好きになんてなんない。あたしだって、誓ってあげる」

好きにならない誓い。
我ながら妙《みょう》だと思う。
でも、誓うよ。誓える。
あなたのことを、好きにはならない。
だって、ただの共犯者なんだから。
それ以上も以下もない。

「じゃあ誓いのキスを……」
そう言って相沢くんは、体を抱き留めたまま、あたしの制服の襟を下へとずらし始めた。
普段は外に曝《さら》されない部分の肌が、姿を現す。
日焼けもしていないそこは、白く弱々しい。
「っや……！」
白い肌に、柔らかく湿った感触。そして、次にチクッとした痛みが襲った。
相沢くんの唇が、噛み付くように吸い付き、唇を離す。
そこには鮮やかな赤い印。
誓いのキスの証。
「さ、最低。こんなとこに……」
「普通にしてれば見えないよ。松本に脱がされたりしなきゃだけどね」
この人、こんな性格だったの？　底意地《そこいじ》が悪い。
あなたは味方？　それとも敵？
ううん、どっちでもない。
だってあたし達は、好きだから一緒にいるわけじゃない。
気持ちは誰よりも通じ合ってる。
仕返しをして、奪ってやるの。
あたしは仕返しとばかりに、相沢くんのシャツのボタンをプツプツと取り外した。
はだけたシャツから覗くのは、広く大きな胸。
左の胸に口を近付け、チュッと音がするくらいに口付ける。
唇から熱が伝わる。
心臓に一番近い場所から、唇が心音を感じ取る。
とくん、とくん。
相沢くんの鼓動は、あたしの鼓動とよく似てる。
とくん、とくん。
ふたり分の心臓の動きを、まるでメロディーのように聴きながら、唇を離した。
心臓に近い場所が、赤く色付く。
「朝奈のエッチィー」
相沢くんがおどけた顔をして、冗談っぽく笑う。
「……あんたに言われたくないんだけど」
言われてやっと、自分がとても恥ずかしいことをしたんじゃないかということに気付く。
顔が熱くなるのを感じる。
でもきっと、夕日のオレンジで誤魔化《ごまか》せている。
「で？　朝奈のコレは何のキス？」
自分の左胸をトントン、と人差し指で突きながら、相沢くんは口元に笑みを浮かべた。
「誓い。あんたのことは好きにならないって、誓いのキス」
一瞬キョトンとした表情の後に、また元どおりの顔。
何かを含んだ、悪い笑顔。
「そんな誓い、無駄だって今に分かるよ」
「……あたしは相沢くんなんて、好きにならない」
この人がそんな事を言うのは、あたしを好きだからじゃない。
仕返しをするため。

最初から手の内が分かっているのに、そんな人を好きになるわけがない。
相沢くんの左胸の赤い印を睨む。
誓いの印。
……証明してあげる。

――秘密の関係、誓いのキス。

はじまりは、夕方の教室。
午後6時40分。

デート

「まゆり」
「痛っ⁉」
ボーッとしていたら、額にビシッと痛みが走った。
要が指であたしの額を弾いていたためだった。
ハッとして辺りをキョロキョロ見ると、周りは薄暗く、街灯が唯一《ゆいいつ》街を照らしている。
そこでやっと、自分は帰り道を歩いていたんだということを思い出す。
「さっきから話し掛けても、お前シカトすんだもんよー。考え事か？」
「え？　あ……、何でもないよ？」
慌てて、作り笑いで返す。
要の顔が、淡い光に照らされて見える。
周りが暗いせいで、いつもよりもハッキリと輪郭《りんかく》が見えない。
きっと要からも、あたしの顔がそんなふうに見えているのだろう。
作り笑いも、同じように誤魔化せてるといいな……。
考え事……、気付かれちゃいけない。

瞬《まばた》きをするたびに、カメラのシャッターを切るみたいに、相沢くんの顔が頭に焼き付く。
──『お前は俺を好きになるしかないんだ』
あの時の、夕日のオレンジ色に染まった顔が蘇《よみがえ》る。
それを消し去るように、頭をプルプル左右に振った。
好きになんかならない。

それをするのは、あんたが先なんだから。

決意を込めて、要の顔をバッと見る。
「要」
「なに？」
目を瞑《つぶ》って、深呼吸をひとつ。
手の平をギュッとこぶしに変え、声を振り絞る。
「あたしのこと……好き？」
とくん、とくん。
「え？　急に何言ってんだよ？」
ハハッと、要は冗談でも言われたかのように、笑い飛ばした。
「お願い……、真面目に聞いてるの」
あたしのこと、好き？
佐倉さんよりも……。
すると要はニコッと笑い、頭をクシャクシャと撫でた。
「好きだよ、まゆり」
撫でている手が、温かい。
いつも普通に聞いていた言葉が、痛くて……泣きそう。
嬉し涙？　それとも……、悲しいから？
分からない。
だってその手で、佐倉さんを抱き締めたでしょ？
あの子にも言うの？
「好きだ」って、……言うの？
悲しい。
この手が、腕が、愛の囁《ささや》きさえ、あたしだけのものじゃないんだ。
ギュッと目を閉じ、涙が出てしまわないようにこらえる。
まぶたの裏に見えるのは、相沢くんの左胸に付けたキスマーク。

誓いの証。
あれは、ずっと要を好きでいると決めた誓い。
信じるよ。好きって言葉、信じていいんだよね？
佐倉さんとのことは気の迷いだって……、信じていいの？
泣きそう……。でも駄目。要の前で泣くわけにはいかない。
理由を聞かれたら答えられない。
口を閉じて黙り込み、下を向く。
そのすぐ後に、自分の意志とは関係なく、顔が上を向いた。
要の手が頬《ほほ》を包んで、顔が近付いて……——。

フラッシュバックするのは、夕日に染まった教室。
オレンジに透ける髪の毛。
細い腰に回る、黒い腕時計を巻いた腕。
同じ手が、あたしの頬に……。
頭が真っ白になり、その中に唯一見えるのは、オレンジに包まれた近付くふたりの顔。
要と、佐倉さん。

だってその唇は、さっきまで佐倉さんと……——！
「やっ……、やだ!!」
目をギュッと瞑り、両手を前に出し、思い切り要の体を押し退けた。
「まゆり……？」
キスを拒否されたことに驚いた顔が、真っすぐこちらを見る。
「さっ……！」
最低！　さっきまで他の女の子とあんなことしといて！
どうして同じことができるの!?
ひどいよ、要。

「どうした？」
再び頬に手が伸びる。
黒い腕時計を付けた手が。
指先が頬に触れ、体が強ばる。
触んないで。
あの子に触れたその手で、唇で、あたしに触れないで。
「ー……っ！」
泣きそうになるのを堪えられない。
涙を見せる前に、その場から走り去ってしまった。
「まゆり⁉」
背中から呼び止める声が届く。
その声を無視し、ただ必死で走った。
ハァハァと、息切れが凄い。
それでも、薄暗い街の中を走り続ける。
「はっ……、はぁ……！　ふ……ぇ……っ」
嗚咽《おえつ》が喉から込み上げる。
走る呼吸の辛さと重なって、いつもよりも息が苦しい。
悲しい。苦しい。……寂しい。
秘密を知ってしまったことが、苦しい。
あたしだけじゃないことが、悲しい。
好きな人の前ですら泣けない自分が嫌になる。
「はぁっ、はぁ……は……」
立ち止まり、胸に手を当てて呼吸を整える。
涙がボロボロと止まらない。
このままじゃ家に帰れない。
それに、今ひとりになると……、きっとまた泣いてしまう。
泣きたくない。負けたくない。
泣いてしまえば、そこで終ってしまう気がするから。

ポケットの中からメロディーが届く。ケータイの着信音。
誰？　……要？
どくんどくんと、心臓が騒がしい。
要からの着信だとしたら、出ることができない。
こんな……、泣き腫らした声で……。
恐る恐るポケットからケータイを取り出す。
先程よりも、音が大きく聞こえる。
閉じたケータイの、サブ画面を見る。
そこに表示される発信元は、『相沢洋司』。
……相沢くん？
どうして相沢くんが？
佐倉さんはどうしたんだろう。一緒に帰っているはずなのに。
数々の疑問が頭を過るけど、取りあえず通話ボタンを押す。
涙声でも、相沢くんなら大丈夫。
あの人は、唯一あたしの涙の理由を知っている。
「もしもし？　相沢くん？」
「朝奈？　あれ、なんか声変じゃね？」
電話に出るなり、早速涙混じりの声を指摘された。
だけど、その問い掛ける声は、さほど気にした様子も感じられない。
「別に……、何でもないよ。どうしたの？　佐倉さんは？」
「家に送ってった。ケータイに出るって事は、お前ももう松本と一緒にいないんだろ？」
確かに今は一緒にいないけど、もしまだ隣にいたとしたらどうするつもりだったのだろう。
相沢くんからの着信なんて、当然出るわけにもいかないし。
だとしても、着信を知らせるメロディーが流れるのに、出ないのもますますおかしいし。
そういうこと、ちゃんと考えてんの？　この人……。
なんか……、この人を共犯者に選んだのって……間違ってたのかな？
半ばあきれ気味に考えていると、ふと気が付く。
そうか。相沢くんは、あたしと要を別れさせて仕返ししようとしてるんだから。
だから、わざと電話なんて……⁉
もしそれが本当だとしたら、この人って凄く性格悪いかも！
「お前、今ヒマ？」
「要とは別れないからね！」
「は？」
考え事をして絡《から》まっていた頭が、変な事を口走らせる。
「それは学校で聞いたし」
ふう、とため息をついたのが電話越しでも分かった。
呆《あき》れた表情になっているであろうことは、目の前にいなくても容易に想像できる。
「何度でも言うから！」
「無駄だって。時間の問題なんだから……」
何なの？　その自信は！　一体、どこからくるの！
「好きになんて、な・り・ま・せ・ん！」
力強く強調して、一文字ずつハッキリと通話口に向かって言う。
それが面白かったのか、電話の向こう側から大笑いが聞こえた。
「暇だよな？　だったら、これから俺と遊ばない？」
「……え？　今から？」
「そう。あ、でも制服は着替えてな。補導とかされたくないし」
え？　……は？

何であたしが相沢くんと？　ふたりで？
この突然の誘いにイエスもノーも言えず、ただ戸惑っていると、相沢くんはまたもや予想外のことを言ってのけた。
「来るだろ？……誘惑してやるからさ」
……はい⁉
声しか届かない機械の向こうで、ニヤリと笑っているのが見えた……、気がした。
だって俺たち浮気相手なんだろ？……と。

「ただいま」
家に帰り、家族の誰にも見られないよう、慌てて自分の部屋へと駆け込む。
涙は止めてから家に入ったつもりだったけれど、目はまだ赤みを帯びていたから。
あたしの部屋は二階。
階段の下から、お母さんの「家の中はバタバタ走らないの！」と、叫ぶ声が聞こえる。
そんな声も耳には届かず、目はクローゼットの中に釘づけ。
なに……着てこうかなぁ。私服で、要以外の男子とふたりきりで会うなんて初めてだし……。
ああでもない、こうでもない。と、クローゼットから服を取り出し、鏡の前で自分の体と重ねてみては、放り投げる。
別に……、ひとりになりたくなかっただけだし。
だからって、誰かの前でなんて泣けないし。
だから、相沢くんと遊ぶだけだもん。
そんな言い訳を、必死に自分の中で繰り返した。
ひとりになったら、きっと考え込んでしまうから。
まぶたを閉じれば、そこには、今でも鮮やかなオレンジの夕日。

逆光でキラキラと透ける髪の毛。
そこまで考え、頭をブンブンと左右に振り、思考を停止させた。
ダメダメ！　考えない。こんなこと。
目線をクローゼットへと戻す。
ふと目に止まったのは、つい最近買ったばかりの、ソーダ水みたいに爽やかな色のカットソー。
胸元にリアルなうさぎの絵がプリントされている。
襟元は、大きめに開いている。
「……これでいいや」
たまたま目に止まったカットソーと、その隣のハンガーに掛かっている黒くてひらひらしたミニスカート。
半ば投げやりな態度で決めた服に着替え、部屋を後にした。

「お母さーん！　あたし出かけてくるから！」
台所からは、母と妹の談笑する声が聞こえる。
父はまだ帰ってきていないらしい。
母と妹の姿を確認することなく、閉まった扉の向こう側から叫ぶ。
泣いて赤くなった瞳を見られたくない。
そして、彼氏以外の男子とふたりきりで会うことへの罪悪感も、……ほんの少し。
「あっ、こら！　まゆり待ちなさい！」
ガタン、と椅子の倒れる音が聞こえた。
母が扉を開けてこちらにやってくる気配を感じ、慌てて玄関へと走る。
「こんな時間から出かけるなんて……！　まゆり！」
「遅くなんないからーっ！」
バタバタ走り、玄関で一番先に目に止まったミュールを履き、玄関から飛び出した。

慌てて飛び出した夜の世界は、もうすでに真っ暗。
夜空を見ながら走ると、三日月に欠けた月が、後ろをついてくる。
目に風が当たって、ひやりと冷たい。涙が乾いていく。
変なの。走ってる。
相沢くんに会うために、……走ってる。
だって……、ひとりは嫌。考え込んでしまうから。
止まりたくない。余計な考えばかりが頭を過るから。
だから、走ってるだけ。
だから、早く会いたいだけ。
あたしの涙の理由を知っているのは彼だけだから……。
それだけだよ。

相沢くんが電話で言っていた場所までたどり着く頃には、走ったせいで息が上がりかけていた。
ハァハァと、胸に手を当てて呼吸を整える。
今日は、走ってばっかり……。
要から逃げるために走って、今は相沢くんに会うために走って……。
呼び出された場所は、ファストフード店の前。
店の外で、辺りに目をやる。
人の顔が、夜のネオンに照らされ、ぼんやりと見える。
「朝奈！」
こっちこっち。と、夜の闇の中で手招きする人物が目に入る。
こちらを真っすぐに見据えている。
「案外早かったな。そんなに俺に会いたかった？」

からかうように笑う顔。
「何言ってんの。……別に、相沢くんに会いたかったわけじゃないもん」
「だって、誘惑されに来たんだろ？」
「ちーがーいーまーすー！　何であたしが相沢くんに誘惑されなきゃなんないの！」
ただ、ひとりになりたくなかっただけ。
涙の理由を知っているのが、この人だけだから。
フンッと顔を背けて否定すると、突然手を引かれた。
相沢くんがあたしの手を握っているせいだった。
その足は、店の中へと向かっている。
「ちょっ……と」
「なに？」
彼はキョトンとした目で振り向く。
今の行動のどこかにおかしいところがあった？　と、目が訴えかける。
「なにって……、だって……」
手……、当たり前みたいに繋ぐから。
戸惑っている様子を理解したのか、相沢くんは思い立ったように「ああ……」と、言葉をこぼした。
「朝奈、なんか忘れてない？」
「なんかって……、なに？」
すると、相沢くんは繋いでいた手を自分の方へグイッと引いた。
それと同時に、あたしの体も引き寄せられる。
「ひゃあっ……！」
ドンッと相沢くんの体に当たり、耳元に口を近付け、彼は囁《ささや》いた。
「浮気しようって、お前が言ったんだろ？」

「っ……や……⁉」
耳に囁きながら、人差し指が首筋に伝う。
ツツーっと、探るように指が肩の近くまで落ちる。
感覚が、ピリピリしておかしい。
弱々しい電流が体を走ってるみたいに……。
「やだっ……！　何すん……っのぉ！」
指が触っているだけなのに、手に力が入らない。
顔が勝手に熱くなる。
やだ。なに、これ……。
指がピタリと止まる。
首よりも下。鎖骨よりも上の部分。
カットソーの襟の上、ギリギリの場所。
相沢くんはそこを見つめ、フッと笑った。
「キスマーク、見えてるし」
「⁉」
バッと手で体を押し退け、先ほどまで触れられていた箇所を手で隠した。
しまった！　たまたま目に入った服を着て、鏡も見ないで来たから、そんなこと気にもとめなかった。
「結構いい度胸してるよなぁ。そんなに見られたかったわけ？」
「違っ……、違う！」
……っなわけ、ないでしょ！
誰が、好き好んで彼氏以外の男のキスマーク見せたがるっていうの！
「急いでたから！　適当に服選んじゃったの！」
「そんなに急いで俺に会いたかった？」
「だから違うっつーの‼」
ギャーギャー騒ぐあたしとは裏腹に、相沢くんは涼しい顔でニコニコと笑っている。
何なの、この人。いつもと性格が違いすぎる。
店の前で騒いでいるから、周りの目線がチクチクと刺さる。
それは一様に、カップルの痴話喧嘩《ちわげんか》を見る目。
集まる視線が恥ずかしくて、小声で抗議をする。
「ちょっと！　相沢くんのせいで恥ずかしいじゃん！」
「えー？　朝奈が勝手に騒いでるんだろ？　本当はキスマーク見てほしかったくせに、素直じゃないなー」
「だから違……っ！」
そこまで言い掛けると、相沢くんはあたしの口を手で塞《ふさ》ぎ、もう片方の手で肩を抱いた。
「とりあえず、店の中入ろっか。何も食ってないんだろ？　奢《おご》るからさ」
ニコッと笑い、肩を抱いて、強引にファストフード店の中へと連れ込んだ。
……口を塞がれたまま。
多分、また騒がれたら困るから。
「んーっ！　んんーっ！」
早く口から手を離せ！　と言いたいのに、相変わらず声は出せない。
「はいはい、照り焼きバーガーが食いたいの？　それともチーズバーガー？」
「んんんーっ！」
だから違うってば！　離せって言ってんの！
店内を歩きながら、相沢くんはわざと的外れな回答を答えてみせる。
テーブルに着いている人たちは、その妙な光景を眺め、クスクスと笑っている。

これじゃあ、早くハンバーガーを食べたくて暴れてる女みたいじゃない！
キッと睨むと、そこには何もかもお見通しとでも言いたげに笑った顔。
この……っ、確信犯《かくしんはん》！
っていうか！　むっ……、ムカつくー！

席に着く頃にやっと手を離され、半ば無理矢理椅子に座らされた。
「ちょっと……！」
「なに食べたい？　注文してくるから座ってろよ」
言葉を遮《さえぎ》り、いつも通りの口調で、冷静に問い掛ける。
テーブルに置いてあったメニューを、あたしの目の前にかざした。
「あのねえ！」
「決めらんないなら、勝手に注文しちゃうけど？」
その言葉と同時に、パッとメニューを頭上に上げられた。
「あーっ！　もう！　まだ決めてないー！」
あたしの慌てる言葉に、相沢くんはニコニコ笑いながら、メニューをまた目の前に下げた。
……すっかりこの人のペースに乗せられている。
こうなったら、高いもん奢らせてやる！　と、気合いを込めてメニューを見る。
高いもの……、高いもの？
メニューの端から端まで目を通す。
一番高いメニューでも、値段は850円。
ファストフードの店なんだから、当たり前といえば当たり前だけど。

ガクッと頭を落とす。
すると、頭をペシッと叩かれ、
「ほら、早く決めろよ朝奈。十秒以内！　じゅーう、きゅーう」
勝手にカウントダウンがスタートした。
「ちょっ……、待って！　まっ、まだー！」
「ななー、ろくー……」
突然始まったカウントダウンに、メニューを見る目が左右に動いて忙しい。
って、この人本当にあたしのこと惚れさす気あるの？
そういう時って、もっと優しく待ったりとか……！
そもそも、何でファストフード？　たとえ偽りだとしても、何ていうか……もっと。
「さーん、にーい……」
もっと、なんていうか……！
男友達と遊びに来てんじゃないんだからさ！
「いーち……」
「っ……！　ダブルバーガーと月見バーガーとシェイクとポテトとアップルパイとソフトクリーム!!」
カウントダウンに焦り、メニューの中で目についたものを咄嗟に順番に読み上げてしまった。
ハッとして相沢くんを見ると、その顔はポカンと固まっている。
一秒もしないうちに、それは笑顔に変わり、声を出して笑い始めた。
「はっ……はは！　お前食い過ぎ！」
お腹を抱えて笑う姿は、無邪気《むじゃき》で、楽しそうで……。
笑ったせいで無造作《むぞうさ》に崩れた前髪を、不覚にも何だか可愛いと思ってしまった。
「お、奢ってくれるって言ったでしょ……」

「いいよ。人の金だと思って、ここぞとばかりに頼む奴って、結構好き」
べーっと舌を出しながら、相沢くんはレジへと向かった。
……って、それ嫌味《いやみ》じゃん。
この人、本当に要からあたしのこと奪う気あるの？
奪うどころか、女扱いすらされてないような……。
でも、きっと……、相沢くんにとっての『女の子』は、佐倉さんひとりなのかもしれない。
だって、あたしにとっての『男』も、要だけだから。
その証拠に、ほら。相沢くんといても全然ドキドキしない。
たまに見せる、いつもと違う仕草とか……ちょっとドキッとするけど、これはなんか……違うんだもん。
要といる時とは……、全然。
要……
彼の顔を、名前を、思い浮べるたびに、フラッシュバックするのは放課後の教室。
夕焼けの鮮やかなオレンジ。
あたしは、要だけなのに。
要は？　佐倉さんのこと、『女の子』として、好きなの？
どうして？　あたしよりも？
もしかして……佐倉さんのほうが……。

そう考えた時だった。
「おまたせーっ」
「いっ——！」
ガンッ！と、頭に当たる平らな感触と痛み。
痛みのせいで、一瞬目の前が真っ暗になった。
「いっ……たぁー！」

目の前に、テーブルにプラスチック製のトレーが置かれた。
その上には、先程勢いで叫んだメニューの実物。
頭を殴られたのは、どうやらこのトレーらしい。
そして殴ったのはもちろん、目の前の椅子にたった今座ったこの人。
「人に奢らせといて、何を自分の世界に入り込んでんだよ」
まだ痛みの残る頭を手で擦《さす》りながら、相沢くんをジーッと見る。
涙で滲《にじ》んだせいで、少しぼやけてしまう。
いつも通りの顔。教室にいるときと同じ。

この人は何とも思っていないのかな？　佐倉さんのこと……。
夕焼けに染まる教室で、あたしが泣きながら、「相沢くんは平気なの？」と、聞いたとき、確かに辛そうな顔をした。
自分を鏡で見ているのかと思うほどに、泣きそうで辛そうな表情で……。
あたし自身も、きっとこんな顔をしているんだろうと思った。
それなのに。

再びこっそりと顔を見ると、ハンバーガーを包んだ紙を開き、口に入れようとしていたところだった。
「ん？　なに？」
顔に何か付いてる？　と、片手で顔に触れた。
「……別に」
普段通りの顔……、なんだよね。
テーブルの上のトレーを見る。
ハンバーガー二個に、ソフトクリームとシェイクとアップルパイとポテト……。
本当に全部注文してくれてるし。ハンバーガー二個も食べられないっつーの。
ため息をつき、ハンバーガーに巻かれた紙を剥《は》がした。
まあ、いいか。お腹すいてるし。
今日は色々考えて疲れちゃったからなおさら。
思い切り大きな口を開けてかぶり付く。
あ、おいしい。
もぐもぐと口を動かすと、相沢くんが正面からポカーンとした顔でこちらを見た。
「なに」
「いや。仮にも、浮気相手の男の前でよくそんな大口で食えると思って……」
「っ——⁉」
その言葉に、思い切りむせてしまう。
『大口』という言葉にも、『浮気相手』という言葉にも。どっちも。
「おーい、大丈夫か？」
ケホケホと咳が止まらないあたしに、相沢くんが自分の分の水を差し出した。
それを躊躇《ちゅうちょ》することなく受け取り、口を付けると、
「あー、間接キスー」
その言葉に、あたしはまたむせることになる。
「あっ……、あのねぇ！」
はあはあと息を整え、目の前にいる相手を睨むと、やっぱり涼しい顔で笑っている。
「えーえー、佐倉さんなら上品に食べるんでしょうね！　あたしだって、要の前だったら大口開けてたりしないんだから！」
「サクラとはこういうところ入んないし」
「なにそれ！」

なんだその差！　本命と、ただのクラスメイトだからって。
いや、浮気相手？　なんだっけ？　一応……。
そういうあたしも、大口開けてるけど。人のこと言えないけど。
そんなことを思い、不意に見た顔は、笑顔も消えて、憂《うれ》いを帯びたような表情だった。
少しだけ……、悲しそうな顔。
目線に気付いた相沢くんは、すぐにまた笑顔を作り、こちらを指差した。
「ソフト」
「へ？」
「早く食わないと溶けるけど」
「わぁっ！」
トレーに乗った、コーンを立て掛けているスタンドに、ソフトクリームが溶けて滴れていた。
「やばっ！」
ソフトクリームはやめておけばよかった！
慌ててコーン部分を持つと、すぐにクリームが手に零《こぼ》れてくる。
クリームでベタベタになった手を無視し、急いでソフトクリームに口を付ける。
溶けたせいで、大分柔らかくなってしまっていた。
「うえ、ベタベタ……」
ソフトクリームを持つ手を右から左に持ち変え、クリームで濡れた手をパタパタさせる。
「ちょっとおしぼり貰《もら》ってく……」
貰ってくるね。というセリフを、思わずピタッと止めた。
相沢くんがあたしの右手を、掴んでいる。
そして、その手を自分の元に引き寄せ、口元に近付ける。
右手の神経が、吐息を感じ取る。

まさか……。
嫌な予感が過ると同時に、右手に唇の感触があって……、
「甘い……」
「――……っ！」
あたしの右手を、相沢くんが舌で撫でている。
「ちょっ……！　なん……⁉」
右手を引こうとしても、握られた手が強くて適《かな》わない。
舌が動かされるたびに、体が過敏に反応する。
「やっ……、相沢く……！」
手に力が入らない。そこから精気を抜かれてるみたいに、体中から力が抜けていく。
「離し……て！」
要にも、こんなことされたことないのに。
手にフッと息が吹き掛けられ、一瞬、その場所だけが冷たくなる。
「ひゃ……っ！」
右手から、唇の感触が消えた。
手を掴んだまま、相沢くんがこちらを上目遣いでジッと見た。
そしてニヤリと笑い、
「誘惑……されちゃった？」
「っ！」
その言葉にカッとなり、握られた右手を思い切り前へ押し出す。
バチン！　と乾いた音が鳴った。
その手は、見事に顔面へ命中した。
「されてない！」
相沢くんが、顔を手でおおっている内に、席を立つ。
目に指でも入ってしまったのだろう。目頭を押さえて、「いってぇー……」と嗚咽《おえつ》をもらしている。

あたしはちょっといい気味だと思いながら、カウンターへと向かった。今度こそおしぼりを貰うために。
っていうか、前言撤回っ！
どこが『憂いを帯びた瞳』⁉
何が『悲しそうな表情』なの！
全然じゃん！
さっきのは、きっと何かの見間違い。
こんな、底意地の悪い人があんな表情するわけないんだから。
誘惑なんか、されるわけがない。
だって彼は、あたしの事が好きなわけじゃないのだから。

だから、絶対に好きになんかなってやらない。

「あーさなー。なぁ、朝奈ぁー、いつまで怒ってんだよ？」
「誰のせいだと思ってんの！　あんな真似するからでしょ！」
「お前だって俺に目つぶししたじゃん。三倍返しに相当するぞコレ」
ここは、ファストフード店から少し離れた道路。
スタスタと早足で歩くあたしの後ろを、相沢くんが特に急ぐ様子もなく、歩いて付いてくる。
あたしは急ぎ足なのに対し、相沢くんは優雅な闊歩《かっぽ》。
それなのに、距離は広がるどころか縮まる一方。このコンパスの差が悔しい。
眉をつり上げ、クルッと後ろを振り返る。
薄暗い夜の闇の中、街灯に照らされた相沢くんの右目が、充血して赤く見えた。
それは、さっき顔を叩いた時に目に指が入ってしまったせい。
目つぶしなんて、大げさな言い方だと思っていたら、その目は思った以上に赤みを帯びていた。
「えっ、嘘⁉」
思わず声を上げてしまった。右目だけ、真っ赤。
「何が嘘だ。お前がやったんだろうが」
驚くあたしの様子を見て、相沢くんは「何を今更」とでも言いたげに、呆れた声を出した。
「だってこんなにひどいと思ってなかったんだもん！　うわーっ！　ごめん！」
これは絶対に痛い！　と、その痛みを想像してみると、自分まで痛いような錯覚に陥る。
駆け寄り、目をジッと見ていると、相沢くんはあたしの手をガシッと掴み、赤い目が見えなくなるくらい目を細めて笑った。
「悪いと思ってるなら、ちょっと俺に付き合ってくれるだろ？」
「え……」
腕を掴まれたまま、一歩体を引くと、有無を言わさない笑顔でもう一度繰り返した。
「行くよな？　朝奈、お前に拒否権があると思ってんの？」

「ちょっとー！　付き合ってほしかったところって、ここー⁉」
「え？　何？　聞こえない」
言葉が届かないのは、声が小さいわけじゃない。
大分大きな声で喋っているつもりでも、周りの音が大きすぎて聞こえない。
様々な方向から鳴り響く、全て違う曲名のメロディ。それが合わされば、ただのうるさい雑音。
煙草の匂いが充満していて、普段よりも呼吸が辛い気がする。
それもそのはず。今いる場所は、先ほどの場所から近いゲームセンターの中。
強引に手を引かれ、店内に入り、今に至る。
「なーんーでー！　ゲーセン⁉」
「えー？　電話で言ったじゃん。遊ぼうって」
相沢くんの言う『電話』は、今日の学校からの帰り道にケータイにあった着信のこと。
「え？　本当にあれって遊びの誘いだったの？」
「遊ぼうって言って、遊ばない遊びの誘いって何だよ？」
や……、ややこしい。でも何となく、言ってる意味は伝わる。
遊びっていう言葉は、何かの口実だと思った？　と、聞いているらしい。
「だって……」
誘惑してやる……とか、言ったじゃん。
口ごもると、その意味を理解したのか、相沢くんはあたしの耳に口を近付けた。
「悪いな、ただの遊びで。……なんか期待しちゃった？」
「っ！　してない！」
してたのは期待なんかじゃなく、警戒。
どんな卑怯な手を使うつもりなのかと思ってたのに、本当にただの遊びの誘いだったから、拍子抜けしただけだもん。
「またまたー。誘惑するって言ったのに素直に来たってことは、なんか期待してたんだろ」
「だから、し・て・ま・せ・ん！」
目一杯否定をしても、相沢くんは「まあまあ」と、小さい子供をなだめるように、涼しい顔。
警戒心を持ちながらも、この人に会うのを決めたのは、ひとりでいたくなかったから。
余計なことを考えたくなかったから。

声を殺して泣きたくなかったから。
それだけ。当たり前でしょ？
それ以上の感情なんか、存在するわけが無い。

「お、あれやろ」
「えっ⁉　……っあ！」
相沢くんが遠くにクレーンゲームの機械を見つけ、また勝手に手を引いていく。
真後ろに引っ張られ、転んでしまいそうになった。
「待っ……、なん……！」
だから、何で手繋ぐの？　こんな……、当たり前みたいに。
戸惑うあたしの様子にも気付かず、相沢くんはある一つの機械の前で立ち止まった。
その中には、真っ白でフワフワなうさぎが赤いハートを抱いているキャラクターのぬいぐるみが。
色違いで、ピンクや水色のものも入っている。
抱き締めると、すっぽりと腕の中に収まるくらいの大きさ。丁度ボウリング玉くらい。
このうさぎのキャラクターは、『恋を叶えてくれるキューピッド』という、お守りのような意味合いを持ち、最近女の子の間で流行っているもの。
あたしも、グッズをいくつかお守り代わりに持っている。
そんな、乙女チックなものを相沢くんが？
え？　なに？　欲しいの？　この人。
「これ……欲しいの？」
あたしよりも頭ひとつ分大きな背を、恐る恐る見上げてみる。
だって、恋のお守りだよ？　これ。
すっごいラブリーなうさぎちゃんなんだけど？　しかも真っ赤

なハート持ってるし。
相沢くんがこのうさぎを抱いている様を、脳内が勝手に想像を始める。
……うわ。
すると、額にパチンと何かが当たり、軽い痛みが走った。
「いっ……た」
「何を変な想像してんだ」
相沢くんがこちらを見て呆れた表情をしている。
額の痛みの原因は、平手で叩かれたせい。
口に出さなくても、ぬいぐるみとの妙なコラボを想像していたことは、バレバレだったらしい。
「だって、うさぎとか欲しがるから」
「俺のじゃねえって」
ってことは……、つまり……。ああ、なんだ。
「ふーん……、佐倉さんもこのうさぎ好きなんだ」
「んー？　んー……、サクラが好きなのは、ピンクのこいつ」
相沢くんが指を差した先にあるのは、薄いピンクでふわふわの毛で全身を覆われたピンクのうさぎ。
真っ赤なハートを両手で持ち、両目を閉じていて、頬っぺたは赤くてまん丸。
可愛くてふわふわな綿菓子みたいな佐倉さんにぴったりだと思った。
その隣には、水色のうさぎ。同じく赤いハートを持っているけど、表情が違うもの。
目をウインクさせ、アッカンベーをして、赤い舌が見えている。
あたしは、こっちの方が好きだけどなぁ。
好きな人の前でも素直に泣けない、ひねくれ者にピッタリだよ。
……なんてね。

ただ単に、可愛いだけのピンクよりも好きってだけの話だけど。
って、こういうところがひねくれ者なのか。
ひとつため息をつく。
横にいる相沢くんは、機械のコイン挿入口に小銭を入れた。
コトン、と機械の中に百円玉が落ちる音がして、クレーンが音楽を奏でて動き始める。
「クレーン得意なの？」
「んー？　んんー……」
彼の目はすっかりクレーンに奪われていて、問い掛けに返ってくるのは生返事。
真剣な瞳で、前だけを見ている。
そんなに好きなんだ。佐倉さんのこと。
ねえ、ちゃんと分かってんの？　あなたの彼女は、浮気してるんだよ。
相手は、あたしの彼氏なの……。ちゃんと、分かってる？
こんなに一途に想ってても、こっちだけが想っても、あたしだけが……、想っていても……。
目の奥がジンと熱くなり、ギュッと目をつぶった時。
今までとは違う、一際大きなメロディが頭に鳴り響いた。
その音で、ハッと目の前を見る。
相沢くんが、クレーンの機械の景品受け取り口に手を入れている。
まさか……。
「ほら、一回で取れた。俺って凄くない？」
白い歯を見せてニコッと嬉しそうに笑い、先程まで機械の中にあったうさぎのぬいぐるみを見せた。
「凄い！　上手いね！」
彼の手にあるぬいぐるみを見て、その場でキャーキャーと騒ぐ。

いいなぁ、うさぎのぬいぐるみ。
ピンクのうさぎだったら、羨《うらや》ましがることはなかった。
だけど、相沢くんが手に持っていたのは、
「でも取るの間違っちゃったね。本当は隣のピンクを取りたかったんでしょ？」
佐倉さんが好きなピンクのうさぎではなく、隣にあった水色のうさぎだった。
きっと、クレーンの操作を誤ってしまったのだろう。
それでも、一回で取れたんだから凄い。
そんなあたしの言葉に、相沢くんはキョトンとした顔を作り、言った。
「え？　間違ってないけど。最初から、これ取りたかったから」
「だって……」
だって、佐倉さんが好きなのはピンクって……。
「はい、朝奈にやる」
「え……」
ポスッと、手の平に渡されたフワフワ柔らかい感触。
さっきまで機械の中に見えていた水色のうさぎが、あたしの手に乗っている。
「だって朝奈が好きなのは、水色の方だろ？」
「なん……で？　あたし、水色のうさぎが好きだなんて言ってない……」
それどころか、このキャラクターグッズを集めていることすら話した事はない。
「だってケータイのストラップ、そのうさぎじゃん」
あたしのスカートのポケットから覗くケータイのストラップを指差した。

「あ……」
そこには、真っ赤な舌を出す水色のうさぎ。
「だって……、間違って取ったんじゃないって……、何で？　佐倉さんが好きなのは……」
「俺、サクラにあげるためにクレーンやるなんて一度も言ってないけど」
なに、それ……。初めから、あたしにあげるために……みたいな。
佐倉さんの好きなピンクのうさぎが入ってるのに。
すぐ隣にあったのに。
ううん、もしかしたら嘘をついてるのかもしれない。
本当に本当は、ピンクの方を取るつもりで、間違って水色の方が落ちただけなのかもしれない。
それなのに……。
「こんなことしてくれたって……好きになんかなんないからね」
ギュッとぬいぐるみを抱き締め、下を向いて声を出す。
赤くなった顔を見られたくなかったから。
「なんだそれ。いらないなら返してもらうけど？」
「いっ、いらないなんて言ってないもん！」
相沢くんがこちらに伸ばした手から逃れるように、もっと強い力でぬいぐるみをギュッと抱き締めた。
フワフワしていて、抱き締めると腕に当たって気持ちいい。
間違いなのかもしれない。本当は、佐倉さんにあげるためのピンクが欲しかったのかもしれない。
それか、あたしに惚れさせるための作戦に決まってる。
だけど、どうしよう。
「ありがとう……」

……嬉しい。
あたしに興味なんて無いくせに。
ケータイのストラップなんて、そんな些細《ささい》なことまで見てるなんて、こんな不意打ちはずるい。
素直にお礼を言う姿を見て、相沢くんはフッと笑った。
「最初からそうやって素直になればいいじゃん」
「でも、好きにはなんないから」
「はいはい、さっき聞いたし」
ならないよ。好きになんて、ならない。
この時のあたしは、そのセリフを彼に言ったものなのか、自分に言い聞かせるためのものだったのか、分からなかった。

「あ、俺ちょっとトイレ。朝奈はここで待っといてくれる？」
「いいけど……」
そう言って、相沢くんはあたしをその場に残らせ、トイレのある場所へ姿を消した。
後ろ姿を見送り、一息。
腕の中にあるぬいぐるみの目をジーッと見る。ウインクをしていて、真っ赤な舌を出してアッカンベー。
閉じていない右目は、真っ赤。うさぎだからかな。
右目が赤いなんて、なんだか相沢くんみたい。
恋のお守りとしてのキャラのくせに、アッカンベーしてるところがあまのじゃくっぽい。
でも、そこが可愛いとも思う。
うさぎの頬の部分を、指でギュッとつねってみる。そのせいで、歪む口の端。
妙な表情のうさぎに、思わず吹き出してしまった。
恋のお守り……か。

ケータイに付けている、同じキャラのストラップは、要と出会う前から愛用していたもの。
「効かないじゃん……。お守りのくせに……」
恋のお守りなら、どうして要は佐倉さんと浮気するの？
ちゃんと効き目があるのなら、どうしてあたしは相沢くんとここにいるの？
真っ赤な目をしたうさぎは、嘘つき。
何の罪も無いぬいぐるみを逆恨みしながら、ギュッともう一度強く抱き締めた。
フワフワ気持ちいいのに、涙が出そうになる。
……要のバカ。
浮気されたからって、相沢くんとここにいるあたしも……バカ。
大バカ。
ゲーセンの雑音の中、涙が零れそうになる目をギュッと瞑り、ぬいぐるみを抱き締めて必死に耐えた。
泣きたくない。泣くわけにはいかない。

それにしても、相沢くんが一向にトイレから戻ってこない。
「ここで待ってて」と言われた時から、もう十五分はそのままでいる。
人にこんなところで待たせておいて。実はもうトイレからはとっくに出ていて、ひとりで遊んでるんじゃないの？
同じ場所に留まるのも飽きてしまったから、探すためにその場を離れた。
すれ違いになったとしても、ケータイで連絡とれるから別にいいよね。

まずは、トイレのある場所へ。

男用と女用のトイレの扉が並んでいて、その真ん中には、『節電にご協力をお願いします。出たら消してください。』と書かれた貼り紙が。
トイレの扉に付いている小窓は真っ暗。
それは、トイレの中に誰もいないことを示していた。
「やっぱりひとりで遊んでんの？」
もう！　と、腰に手を当て、斜め後ろを見た時だった。
そこには、自販機が幾つも並んでいる休憩所。
三個ほどある小さな丸いテーブルに、いくつかの椅子。
そのひとつに座っている男の人の姿が見えた。
後ろ姿だけど、見間違えはしない。それは、さっきまで一緒にいた人の後ろ姿だったから。
「ちょっと相沢くん！」
背中側から叫んだせいか、その人物は肩をビクッと震わせ、目を見開いて振り向いた。
「あ……朝奈……」
振り返ったその顔は、缶ジュースを片目にあてがっていた。
品名はスポーツドリンクだったことから、冷たい缶だということが分かった。
「え？　目……どうしたの？」
問い掛けると、彼は冗談ぽく笑って答えた。
「朝奈に目つぶしされたせいで痛いんですぅー」
「えっ……！　そんなにひどい……」
そんなにひどいの？　と言い掛けて、途中でぴたっと止める。
缶ジュースで冷やしている目は、赤い右目ではなく左目。
こちらを見ている右目は、先程よりも赤みが増しているような気がする。
それは、もしかして……。

「あたしを今日誘ったのって、本当の理由は何？」
きっと、今日の彼の目的は、誘惑することなんかじゃない。
あたしを好きにならせるためなんかじゃない。
確信があったわけじゃないけど、ただ、何となく感じてしまった。
笑顔の後ろについて回る、悲しみを。
すると、相沢くんは缶をテーブルに置き、眉をハの字にさせて、力なく笑った。
「朝奈が泣いてるんじゃないかと思ったから」
「え……」
不意に核心をついた答えに、あたしはその場に立ち尽くして固まった。
涙が出そうで、熱くなった目の奥の感覚が蘇る。
「なん……で？　そんな……」
ひとりになりたくなくて、ひとりで泣くのが嫌で、そのために誘いに乗ってしまった事を見抜かれている気がした。
相沢くんは、細めた目をゆっくりと開き、悲しそうに笑った。
その目は、どちらも真っ赤。
「朝奈は俺と同じだからだよ」
どうしてこの人を、いつも通りの態度だなんて思ってしまったんだろう。
傷付いてるようには見えないなんて……思ってしまったんだろう。
夕焼けの教室で、確かに悲しそうな表情をしていたのに。
苦しそうに声を絞り出していたのに。
自分は鏡を見ているんじゃないかと思うほどに、泣き出しそうな顔だったのに。
あたし達は確かに同じだった。

きっと世界で一番の理解者。
相沢くんは、佐倉さんのことを誰よりも想っている。知ってる。
あたしが一番よく知っている。
同じだもん。分かるよ。
恋人を想って心が苦しいのは、あたしだけじゃなかったの。
「あーあ……、ダメじゃん、こっちに来ちゃ。あそこで待ってろって言ったのに……」
泣き顔なんか情けないだろ。と、相沢くんはうつむいてボソッと呟いた。
テーブルの上にポタポタと雫《しずく》が落ちる。
男の人の涙を見るのは初めてで……。
それでも、それを情けないなんて思えるはずはなかった。
好きな人を想って流す涙は、とても綺麗で……、そして、とても切ない気持ちにさせた。
今までずっとひとりで泣いてたの？
それでも、佐倉さんの傍《そば》にいたんだね。
何でもないふりをして、傍にいたんだね。
あたしよりもきっと、ずっと前から苦しかったんだ。
「相沢くん……」
泣かないで。そう言いたかったのに、言葉が喉で止まって出てこない。
それは、目から零《こぼ》れ落ちる雫のせい。
要の前だと泣けないのに。
ひとりで泣くのも嫌だと思っているのに。
この人の前だと、こんなにも素直に涙が溢《あふ》れ出る。
「ふ……ぇ……っ、うぅ……っ！」
持っていたぬいぐるみを放り出し、相沢くんに抱きついて声を上げて泣いてしまった。

涙が溢《あふ》れて止まらない。
彼の体がすごく熱い。でも、あたしの体も同じくらい熱くなっている。
耳のすぐ傍から、小さな泣き声が届いた。
聞き逃してしまうくらいに、小さな声。

あたし達がしている行為は、ただの傷の舐《な》め合い。
分かってる。それでもいい。
今はお互いがお互いを、一番に必要としているのだから。
「ふぇ……っ、ひっ……く、あいざわ……く……っ……、ごめ……」
いつも通りの態度だなんて思ってごめんなさい。
何も感じてないのかもしれないと……、少しでも考えてしまった自分が嫌になる。
あの笑顔は作り物。
からかう態度は、ただの空《から》元気。
そうでもしていないと、考え込んでしまうから。
涙が零れてしまうから。
あたしが一番よく分かっていたのに。
「なに……謝ってんだよ……」
軽く笑いの混じった小さな声が聞こえた。
それはすぐに、静かな泣き声へと変わる。
我慢して泣く声が、更にあたしの涙を増長させた。
どうして、相沢くんの近くだと泣けるんだろう。
どうして、泣きたいときに傍にいるのはこの人なんだろう。

抱き合って泣くあたしたちを、床に座った水色のうさぎが静かに見ていた。

真っ赤な瞳の、あまのじゃく。

それは、効き目の無い恋のお守り……——。

木曜はふたりきり

それから数日後。
「まゆり、ケータイ」
小さな声で短く吐き出される声に、顔を上げる。
目の前には黒板。チョークを右手に、教科書を左手に持った英語の先生。
英語の文法で埋まっていた頭の中に、突然飛び込んできた日本語に、ゆっくりと左を見る。
そこには、相沢くん。
隣の席で、彼はあたしの制服のポケットを指差していた。
そこから覗くのは、水色のうさぎのストラップ。
ケータイを見ろ。と言いたげに、頻りに指を差している。
コソコソと小声で話しかけるのは、今が授業中だから。
出席番号が一番同士のあたしたちは、与えられた席も一番前。
先生の目を盗み、ケータイを引き出しに隠しながら画面を見た。
『新着メール一件』の文字に、受信メールを開いてみる。
送り主は『相沢洋司』。
隣にいるこの人。
隣の席にいるのに、わざわざメール？　なんて、言うつもりはない。
声に出して、万一誰かに聞かれでもしたらまずいから。
この関係は、誰にも秘密。
お互いがお互いの秘密を知っている。それだけでいい。

メールの内容、それは……
『今日はラーメン。どう？』

簡潔な内容。きっと、他の人が見れば意味は伝わらないかもしれない。
黒板の前の先生の姿をチラッと見てから、見つからないように返信を打った。
『いく』
送信ボタンを押すと、相沢くんのポケットの中がブーブーと震えた。
マナーモードにしてあるのだろう。
あたしのメールを開き、プッと一度吹き出し、こちらを見てにっこりと笑った。
それは、「了解」を意味する微笑み。

今日は木曜日。
ゲーセンでふたりで泣いた日から、ちょうど四週間。
その日から、木曜日の夜は相沢くんとふたりきりでいる日になった。
何をするわけでもない。
ご飯を食べて、その後に少し遊んで、バカみたいな他愛もない雑談をして、夜の闇が深くなった頃に別れる。
それだけ。
到底《とうてい》、浮気だなんて呼べるほどのものではなかった。
そして、変わったことがもうひとつ。
彼は、ふたりきりの時だけあたしを『まゆり』と、下の名前で呼ぶようになった。
何か特別にその類の話をしたわけじゃない。
本当に自然に、そう呼ぶのが普通になっていて、呼ばれることが当たり前のような気がしていた。
あたしは何だか、『洋司』と下の名前で呼ぶのは、気恥ずかしくてできなかったけれど。

ふたりでいるときだけ、『まゆり』。
誰かが傍で聞いているときは、今まで通りの『朝奈』。
その秘密めいた呼び名がくすぐったくて、だけど、心地いいと思えた。
相手は相沢くんなのに。
好きでも何でもないのに。
好きになんか……ならないのに。
……変なの。
要以外の男の子に、下の名前で呼ばれても嫌じゃないなんて。
それどころか、ふたりだけの秘密を持っていることが、ちょっと嬉しいような気がする。
それは多分、相沢くんの涙を見たから。
自分と同じ気持ちを共有する男の子を見つけたから。
共犯者。それが何だか嬉しかったから。
きっと、それだけ。

「お母さーん！　あたし出かけるからー！」
家に帰るなり、台所にいるであろう母に、扉の向こう側から呼び掛ける。
「また？　あんた先週も、先々週も、その前も出かけたでしょ？」
母が台所の扉を開け、あきれ気味に言った。
「あれー？　まゆ姉またデート？　休みの日にゆっくり行きなよぉ」
二階へ続く階段から、あくびをしながら口に手を当てた妹が下りてきた。

妹の言葉に、母が「こんな時間からデートだなんて……」と、こちらを睨んだ。
「違う！　デートなんかじゃない！」
慌てて否定をする。
だって、デートっていうのは、好き合っている男女が一緒に出かけることを言うわけで、あたしと相沢くんは、断じてそんなんじゃない。
「うっそだぁー。そんな慌てるってことは、彼氏と会うんじゃん？」
妹がニヤニヤしながら、ププッとわざとらしく笑った。
「違う！　あんなの彼氏じゃない！　好きになんかなんない！」
「は？」
妹と母の揃って聞き返す声に、思わず口を手で押さえ付けた。
ふたりは、「好きでもない男の子と付き合ってるの？」と、目を丸くしている。
「とっ、とにかく彼氏と遊ぶんじゃないし！　友達なの！　いってきます！」
「あっ、こら！　まゆり！」
母の止める声を背中に聞きながら、慌てて家を飛び出した。

「友達と遊ぶわりには、毎週可愛い服ばっかり選んでくよねー……」
家を飛び出したあたしには、妹のそんな声は当然聞こえていなかった。

「相沢くん！」
待ち合わせ場所に選んだ駅には、すでに彼の姿があった。

「まゆり遅い！　10分遅刻！」
野球帽を頭にかぶった相沢くんは、帽子のつばをグイッと上に上げた。
よっぽど退屈だったのか、手にはケータイを持っている。
ゲームでもして時間をつぶしていたんだろう。
「ごめんって。妹につかまっちゃったの」
「何で？」
「……彼氏と出かけんじゃないの？　とか……そういう……」
その言葉に、相沢くんは声を上げて笑った。
一体、なにが楽しいんだか教えてほしい。
「言えばよかったじゃん。浮気相手と会うんですーって」
「バカじゃないの！　ってか、浮気相手とか言わないでよね」
「あー、確かに……。浮気じゃないか」
相沢くんは天を仰ぎ、少しだけ考える素振りを見せた。
でも……、本当に、あたし達の関係に名前があるのだとしたら、それは何なんだろう。
友達？　ううん。違う気がする。
友達に会うのに、家族に言い訳したりしないもん。誰にも内緒にしたりしない。
だったら、浮気？　それもなんか……、っていうか、絶対違うんだよなぁ……。
「確かに。浮気相手じゃないかな」
「当たり前でしょ」
「浮気じゃなくて、まゆりは俺に本気になっちゃうもんな」
「なんないから！」
この人は本当に、どこからどこまでが本気なのか分かりにくい。
というか、つかみ所が無い。
ニコニコと笑っていたと思ったら、たまに寂しそうな目をして本音を見せる。
そして今は、絶対にからかってるだけだよね……。
だけど、前よりは、うん、好きかも。
恋愛感情はありえないけど。
ひとりの人間としては、好きの部類に入るみたい。
だって、こんなにも心を共有できる人は初めてだから。
一緒にいることが、凄く落ち着く。
一番の理解者。秘密の共犯者。
やっていることは、ただの浮気ごっこ。
でも、毎週木曜日を楽しみにしている自分がいる。

「とりあえず駅出ねぇ？　ここじゃ、うちの学校の奴らとかに見つかるかもしれないからさ」
「あのねえ……、駅で待ち合わせって言ったのはそっちでしょ？」
見つかるかもしれないなんて思っていたのなら、もっと違う場所を指定するべきなんじゃないだろうか。
そのことを予測していて、あえてここを待ち合わせ場所に選んだらしい。
「だって、そのほうがスリルあるだろ」
「そんなもん求めてません！」
何でちょっと楽しんでんの。
やっぱり相沢くん、意味分かんない！
「もー！　ラーメン屋さん行くんでしょ！　ほら！」
「あっ！　おい待てよ！　まゆりー！」
相沢くんを放っておいて、ひとりでスタスタ歩くと、後ろから慌てて名前を呼ぶ声が聞こえた。

「……『まゆり』？」
そんなふたりの姿を見て、遠くから呟く姿がひとつ。
そこには、学校帰りの、制服姿の男子がいた。

まさか誰かに見られていたとも知らず、あたしは、
「あーっ美味しかったねー！」
ラーメン屋から出て、のん気に背伸びをしながら、相沢くんの一歩前を歩いた。
「お前は本当に……、よく男の前でズルズルとラーメン食えるよな……」
半ばあきれ気味に、それでも感心したような声が背中から届く。
「なにそれー。ラーメン屋さんに誘ったのは相沢くんでしょ」
あたしだって、要の前だったらラーメンをズルズル音立てて食べたりしないけどね。
そもそも、デートでラーメン屋は行かないし。
「いいんじゃない？　まゆりのそういうところ、結構好きだよ」
「……は？」
ピタッと立ち止まり、後ろにいる声の主を振り返った。
『好き』と言ったはずのその顔は、いつも通りの表情。
ラーメンが好きとかと、同じノリ。
それは分かっていたのに、予告もなしにそんな事をサラっと言うから、あたしは頬を赤く染めてしまった。
「あ、ドキッとしちゃった？」
そんな様子に気付いたのか、相沢くんは顔を下から覗き込んだ。
その顔は、からかうようにニンマリと笑っている。
「――っ、してないよっ！」
ドーン！　と、照れ隠しで思い切り体を突き飛ばす。

バランスを崩して倒れこむ姿を無視して、あたしは先にスタスタと逃げるように歩いた。
「冗談だってー！　なぁ、まゆりー！」
叫ぶ声が背中から聞こえる。
慌てて立ち上がる姿が、背中越しにでも容易に想像できた。
そんな想像をして、フッと吹き出してしまう。
相沢くんといるの……、結構楽しいんだよなぁ。自然体でいられる感じ。
こんな不純な動機じゃなかったら、ただの気の合う友達でいられたのに。
だけど、この不純な動機がなければ、今一緒にいることもないんだ……。
「なぁ、またゲーセンであの水色のうさぎ取ってやるからさ。機嫌なおせよ」
あたしに追い付いた相沢くんは、肩をポンッと叩いた。
別に、最初から怒っているわけでは無かったんだけど。
「じゃあ、今度はポーチがいい」
「お前……、先週行ったときから目ぇ付けてたな？」
あの日から、木曜日のたびに、ご飯を食べたあとはゲーセン。
ただ、騒げる場所が欲しくて、雑音で余計な考えを消し去って欲しくて。
……と、初めはそのつもりだったんだけど……。
今はもう、ふたりで遊ぶこと自体を楽しいと感じるようになっていた。

秘密の関係

金曜日の朝。
キーンコーンカーン……
授業の予鈴《よれい》が鳴り、まだ昇降口の前にいたあたしは、慌てて足を速めた。
「やばーい！　遅刻しちゃ——」
「よっ、朝奈おはよっ」
「いたっ！」
バシッと頭に平たいものが当たる。
誰⁉　と、前を睨むと、そこにはノートを片手に悪戯《いたずら》な笑顔の相沢くんの姿。
え？　今声かけたのって、相沢くん……？
そっか。学校では、『朝奈』って呼ばれてるんだった。
昨日はずっと『まゆり』って呼ばれてたから、ちょっと忘れかけてた。
ベーと、軽く舌を出して、頭を叩かれたことに対して小さい反撃をしてみる。
「ははっ！　お前、昨日のうさぎにそっくり」
相沢くんはこちらを指差して笑い、教室のある方向へと走り去っていった。
昨日のうさぎ。
それは、昨日の夜にゲーセンのクレーンゲームで取ってくれた、水色のうさぎのポーチのこと。
そのポーチを、早速学校に持ってきているということは、相沢くんには内緒にしておこう。
だって、「俺のこと好きになっちゃった？」とか……言うに決まってるもん。絶対。

予鈴が全て鳴り終わり、急がないと遅刻するという事実に気付き、慌てて上履きに履き替え、相沢くんが去っていった方向と同じ場所へ急いだ。

「ふーん……、学校じゃ朝奈って呼んでんだ……」
その背中を見送りながら呟くのは、昨日の夜と同じ人物。

ガラッと教室のドアを勢いよく開けると、そこにはすでに担任の先生の姿。
「セ、セーフ……？」
「バカ。アウトだ」
先生の持っていた出席簿が、頭にポコッとヒットした。
教室内の皆がクスクスと笑う中、ムーッとした顔で席に着くと、隣の席に座っていた相沢くんが口の形だけで「バーカ」と作った。
む、むかつく！
「相沢く……」
「あ、朝奈の仲間だ」
「は？」
相沢くんの視線は、先程あたしが飛び込んできたドアへ向いていた。
視線の先を追うと、ドアの前でヘラヘラ笑っている男子の姿。
同じく、彼も遅刻組らしい。
「先生、俺アウトー？」
「当たり前だ。早く席着け」
「はーい」

綺麗に茶色に染まり、緩くパーマかかった髪。天パなのかな？
制服のワイシャツのボタンを第三まで開け、手持ち用のはずの通学バッグをリュックのように両肩で背負い、自分の席に着くまでに色々な人から話し掛けられていた。
蓮見《はすみ》恭一《きょういち》。
同じクラスになってから話した事はほとんどなかったけど、名前はよく知っている。
持ち前の明るさで、いかにもクラスの中心人物という存在。そして、遅刻魔。
「蓮見くんと一緒にしないでよ。あたしはたまたま今日遅刻しただけなんだからね」
こそこそ話をするように小さな声で抗議をした。
すると、蓮見くんの目線がこちらに向いていて……
「……え？」
パッと顔を上げたら目線が合ってしまい、蓮見くんはこちらを見てにこっと笑った。
あ、やばい。今の声、聞こえてたのかも……。

そして、最初の休み時間。
「和泉《いずみ》ぃー、生物室行こー」
二時間目は移動教室だからと、友達の和泉を誘って教室を出ようとした時。
「朝奈」
後ろから掛けられた男子の声に、振り向く。
そこには蓮見くん。
なんだ、相沢くんかと思った。
あたしによく話し掛ける男子なんて、相沢くんしか思いつかなかったから。

蓮見くんに話し掛けられたことなんてなかったから、少し驚いてしまう。
「え……あたし？」
「うん、ちょっといい？」
「じゃあ、あたしたちは先に行ってるよ？　まゆり」
和泉たちが気を使ってくれたのか、そそくさと教室を出ていった。
「あっ！　待って……！」
話したことのない男子とふたりきりにしないでほしい。
っていうか……。
チラッと蓮見くんを盗み見る。
目が合い、にこっとこちらに笑いかけた。
……なんで蓮見くん？

移動教室のため、教室からどんどん人がいなくなっていく。
「恭一、お前また遅刻すんぞ？」
蓮見くんの友達の男子が、いつまでたっても教室から動かないあたしたちを見て、ニヤニヤ笑った。
「二時間目も朝奈と一緒に遅刻するつもりかよ」
「バーカ、早く行け」
蓮見くんは笑いながら、軽くあしらうように、手をしっしっとさせた。
蓮見くんと一括《ひとくく》りで遅刻組にさせられている。
なんか、やだなぁ……。親しくもないのに、そういうふうに見られるの。
「話って……？」
教室はしんと静まり返り、先程までの騒めきが嘘だったかのよう。

話って何だろ？　教室にふたりきりとかって、間が持たないし嫌なんだけど……。

「そんな構えんなって。別に愛の告白しようとかじゃないんだからさ」

「別に……構えてなんか……」

っていうのは、ちょっと嘘。

だって、クラスの人気者の男子に「話がある」って言われて、ふたりきりで……とか。

ちょっとは考えてしまう。

まぁ、そんなにあっさりと否定するくらいだから、色っぽい意味での呼び出しではないようだけど。

じゃあ、……なに？

あまり良い予感はしない。この変な空気が、そう訴えかけている。

「朝奈さぁ、昨日の夜……何してた？」

探るように笑う顔に、心臓がギクッと強ばった。

昨日の夜。つまり、木曜日。

毎週木曜は、あたしと相沢くんが内緒で会う日。

どうして蓮見くんがそんなことを聞くの？

まさか……。

どくんどくんと、心臓がうるさい。

「昨日は……普通に家にいたけど……」

声が震える。

どうしよう。この人、もしかして……。

「学校から帰ってから？　ずっと？」

「そうだよ……」

どうしよう。

逃げ出したい。

この口振り、絶対何か知ってる。
もしかして、あたしが昨日、相沢くんといたことを……？
「じゃあ、あれは俺の見間違いかな？　駅で朝奈そっくりな奴……見たんだけど？」
どくん、どくん。
見られてたんだ。
どこから？　どこまで？
「相手は確か……、相沢だったなー……」
足が震える。
蓮見くんは、きっと何もかも分かっていて、わざととぼけた言い方をしている。
本当は全部分かっているのに。
「それ……、あたしじゃないよ……」
こんな嘘、きっと無駄。
だってこの人は全部分かってて言ってるんだから。
「だよな？　だって朝奈って、隣のクラスの松本と付き合ってんだもんな？」
どうしよう
どうしよう。相沢くん……！
「あ……あたしじゃないって言ってるでしょ！」
涙混じりの声で叫び、教室を飛び出そうと蓮見くんに背中を向け、ドアに手をかけたときだった。
「まゆりって呼ばれてたんだけど」
背中の方から、低い声。
頭が真っ白になる。
「昨日見た、お前にそっくりな奴、まゆりって呼ばれてた。……これって本当に偶然？」
足がカクカク震える。ドアに触れている手が汗で滑る。

青ざめた顔で振り返ると、そこには先程までの表情からは考えられない顔があった。
真剣で、射貫《いぬ》くような目。
「相沢もさぁ、佐倉桜花と付き合ってなかったっけ？　もしかして、お前ら……」
そこまで言い掛けた時。
学校中に授業の予鈴が鳴り響いた。
その大きな音でハッと我に返り、あたしは教室を飛び出した。
「おい！　朝奈⁉」
後ろから聞こえる声を無視して、ただ逃げるように走った。
やばい！　どうしよう‼
混乱する頭の中で、すがるように浮かぶのはただひとりの顔。
その時のあたしには、要の顔を思い浮べることができなかった。
その事にすら気付きもしなかった。

「遅くなりました！」
ハァハァと上がる呼吸を整えながら、勢いよく生物室のドアを開けた。
そこには、もう生物担当の先生が黒板の前に立っていて、机にはクラスの皆がきちんと自分の席に着いている。
「まぁ……、一応セーフかな。早く席に着きなさい」
先生があたしの席を指差す。
生物室の机は、四人座れるタイプの長テーブル。
先生が指差した場所は、一番前の席。相沢くんの隣。
軽くペコッと頭を下げ、椅子を引く。
「お前また遅刻かよー？」
小声で、笑いながら相沢くんがからかう。
そんな声も、今のあたしの耳にはまともに入らない。

「あ……相沢くん……」
「ん？　なに？」
青ざめる顔を見て、キョトンとした表情で相沢くんは目をパチパチさせた。
とにかく、ちゃんと話さなきゃ。蓮見くんのこと。
できるだけ、早く。
「あのね……」
「せーんせー！　俺遅刻ですか？」
ガラッとドアを開ける音が教室中に鳴り響いて、そこから顔を出したのは、
「蓮見ぃー。お前はまた遅刻か？　あと二回遅刻で、授業一回欠席した扱いにするからな」
「えー！　マジでー！」
蓮見くんの声で、教室中に笑いが起こる。
そのせいで、あたしの言葉も遮《さえぎ》られてしまった。
「なに？　聞こえなかったんだけど」
相沢くんに、あたしの声は届かなかったらしい。
チラッと前に目をやると、蓮見くんと目が合ってしまい、あたし以外には気付かれないようにその顔はニヤッと笑った。
「ごめん相沢くん、また後で話すから……」
「なに？　大事な話？」
「……かなり」
「それってどんな……」
――ガシャン！
机の上の方ギリギリの場所に置いていたあたしのペンケースが、大きな音を立てて床へと落ちた。
そのせいで、中に入っていたペンがバラバラと散らばった。
ひとりでに落ちたわけじゃない。

自ら落とすようなことをしたわけでもない。
「あっ、悪い！　今拾うな」
自分の席に行こうとしていた蓮見くんが、誤って突っ掛かってしまったように見えた。……他から見れば。
きっとこの人は、わざとやった。
あたしにだけは分かる。
「いいよ……大丈夫だから……」
席から立ち上がり、警戒しながら近くに立ち座りをし、ペンを拾う。

「はい。これで全部？」
「うん……」
にっこりと笑う顔に、不信感を抱かずにはいられない。
この人の目的は何？
ペンケースを受け取ろうと手を差し出すと、ペンケースを擦り抜けて、腕をガシッと掴まれた。
「相沢には言わないほうがいいんじゃない？」
「っ……⁉」
「後悔すると思うけど」
こっそりと囁かれたその声は、あたし以外の誰にも聞こえていなかった。
反論する隙《すき》もなく、蓮見くんは自分の席へ去っていった。
「大丈夫か？　お前顔色悪い……」
相沢くんが、顔を見ながら心配そうに眉をハの字にさせた。
青ざめていたのだろうか。
冷や汗も凄い。
相沢くんに言うと、あたしが後悔するって……、何それ……。
そんなの、蓮見くんには関係ないんだから！

授業も終り、休み時間。
いつもなら友達の席に行って雑談でもするところだったけれど、あたしは今教室の自分の机で、ケータイのボタンを押すので忙しい。
あるひとりだけに宛てたメール。
宛先は『相沢洋司』。
送信ボタンを押すと、『送信完了』の文字が画面に表れた。
相沢くんは数人の友達と一緒に笑い合っている。
そして、メールの到着に気付いたのか、ポケットからケータイを取り出し、開いた。
画面をしばらく見た後、驚いた顔であたしの席に目をやり、友達から離れて自分の席に戻ってきた。
「なあ、まゆ……、朝奈、これ……」
相沢くんがあたしの下の名前を口に出しかけ、寸前で名字に戻す。
あたしは黙って口の前に人差し指を立て、内緒の意味のポーズをした後、「メールで話そう」という意味を込め、自分のケータイを指差した。

あたしが先ほど相沢くんへ送ったメール。それは、
『昨日の夜蓮見くんに見られてたみたい』
相沢くんに言ったら後悔するって言われたけど……。
言ってないし。メールだし。
なんて、こんなの言い訳だけど。
だって、相沢くんに言わない訳にはいかない。
あたしたちは共犯者……なんだから……。

相沢くんの返事を受信し、ケータイがブルブルと震えた。
開いてメールを見ると、
『ばれた？』
一言だけ。
文だけを見れば素っ気ないけれど、こちらを見る目は真剣。
それもそのはず。
お互いの目的を果たす前に他人にばれるなんて冗談じゃない。
その為に、あたし達は一緒にいるのだから。
それだけの関係……なんだもん。
『分かんない。でもかなり怪しまれてるみたい』
すぐに返事を打つ。
本当は、この返事は少し嘘。
『分かんない』じゃない。
きっと蓮見くんは気付いてる。そんな確信があった。
だから、直接話をしないで、こんなふうにコソコソとメールでやり取りしているのだから。
同じクラスにいる彼に、どこで会話を聞かれているか分かったもんじゃない。
メールを見て、相沢くんが考える素振りを見せる。
どう返事をしていいのか迷っているのだろう。
困っちゃうよね……。こんなの。
相談なんてしない方が良かったのかな……。
だけど、あたしだけの問題じゃないんだから仕方がない。
相沢くんがしばらく迷いながら指をケータイのボタンに触れた後、あたしのケータイがメールを受信した。
ドキドキと、心臓がいつもより速く鳴り響く。
ただ、メールを見るだけなのに……。
そう、メールを見るだけだよ。

ケータイの画面にある、新着メールのマークを押す。
『相沢洋司』からの未開封メールを開く。そこには、
『しばらくふたりで話すのも、木曜に会うのもやめようか』
「嘘！　そんなの……っ！」
メールだけで話すつもりが、思わずガタッと大きな音を立てて席を立ち上がってしまった。
その声と音に、教室内の皆が一斉にこちらを見る。
「おい、朝奈！」
小声で怒鳴るように、焦った声で相沢くんが言った。
「ご……ごめん……」
ストン、と椅子に座り直し、また先ほどのメール画面を見る。
何度見ても同じ。
ふたりで話すことすらやめるなんて……。
やっと楽しくなってきたところだったのに。
毎週木曜を、せっかく……。
訳も分からない寂しさに、目の奥が熱くなった。
すると、またケータイに『新着メール受信中』の文字が。
相手はまた相沢くん。
隣を見ると、何も喋らずケータイを指差した。
あたしも黙ってメールを開く。
『俺とふたりきりで会えなくて寂しい？』
……はぁ⁉
バッ！　と勢いよく隣を見ると、そこにはケータイを片手にニヤニヤと笑う顔。
あたしはカチカチと指を忙しく動かし、返事を送る。
『さみしくない！』
急いで打ったため、漢字はひとつも混ざっていない。
それを見て相沢くんは「ぶっ！」と、吹き出して笑った。

更に返事が届く。
『残念。好きになったんだと思ったのに』
「⁉」
隣の席を睨むと、あさっての方に目をやり、べーと舌を出している。
ムッカーと、お腹の底から怒りが湧いてきて、『ばか！』と、一言だけ返事を打ち、あたしは教室を出た。
頭に血が上っていて、すぐに背中を向けて飛び出した。

だから、気付かなかった。
相沢くんがあたしの去った後を、寂しそうな目で見ていたことも。
蓮見くんがあたしの姿を目で追っていたことも……。

相沢くん全然本気にしてない！
「別に大したことじゃない」とでも思ってるんだ。
だから、あの状況であんなふざけたメール……！
こっちはヒヤヒヤしてたまんないのに！
ばれてしまったら、そこでゲームオーバー……なのに。
もう一度ケータイを開き、メール画面を見た。
『しばらくふたりで話すのも、木曜に会うのもやめようか』
さっきと同じ文。当たり前……。
はぁ、とため息を吐くと、前方からよく聞き慣れた声が届いた。
その声に、つい顔を上げる。
「あれ、まゆり？」
「要……」
前から廊下を歩いて来るのは、数人の男子。
その中には要の姿が。

あたしの、……彼氏。
要は、一緒にいた友達に「先に行ってて」と言い、こちらへ歩いてきた。
「いいの？　友達……」
「いいって。男といるより、まゆりといたいし」
からかいながら笑う顔。
いつもなら、きっと嬉しくてたまらなかった言葉。
なのに、要の傍にいても、考えるのはさっきのメール。
そして、蓮見くんが言ったあの言葉。
「あれ？　お前、そんなポーチ持ってたっけ？」
要があたしの手元を見て言った。
そこには、べーと舌を出した水色のうさぎが描かれたポーチ。
昨日、ゲーセンのクレーンゲームで相沢くんが取ってくれたもの。
中にはケータイを入れていて、先ほど取り出した時に一緒に手に持っていた。
「あ……、うん、可愛いでしょ？　好きなんだ。このうさぎ」
「これって確か、恋のお守りとかで女子がよく持ってるやつだよな」
「そう、よく知ってたね」
「クラスの女子にも、このうさぎ好きな奴いるからさ。ピンク見たことはあったけど、水色とかもあったんだな」
ポーチを手に持ち、物珍しそうに要が言った。
ねえ、気付いてる？　自分が今言った言葉の意味に……。
ピンクって、佐倉さんが好きなうさぎなんだよ。
あたしだって、ずっと前から水色のうさぎのストラップ、ケータイに付けてたんだよ？
気付いてよ。

あたしはずっと、要を想うと悲しくてたまらない。
好きだから辛い。
好きで、だから一緒にいたかったのに、傍にいるだけで痛い。

「ピンクのうさぎ持ってた人って……誰？」
「え？」
あれ？　何でこんなことを聞いてるんだろう……。
要の口から、佐倉さん以外の名前が出ることを期待しているのだろうか。
無駄だって、分かっているのに。
その証拠に、急に慌てて、佐倉さん以外の名前を出そうと必死になっている。
「えー……っと、誰って事もないんだけど……」
……バカ。普通に佐倉さんが持ってたって言えばいいじゃん。
あたしが浮気に気付いてるって、要は知らないんでしょ？
だったら慌てる必要なんてないのに。
変に別の名前を探そうとするから、余計おかしいんだよ。
バカ。要のバカ。
何で佐倉さん以外の名前、出ないの。思い出せないの。
目が熱くなる。
自分で聞いたくせに、自分の言葉に傷ついてる……。
やっぱりあたしはバカだ。
こんな時にでも、要の前では泣きたくないなんて思っているなんて。
好きな人の前で泣けない。
佐倉さんのこと考えないでって、言えない。
あたしだけを見て、なんて……言えない。
可愛くないあたし。

相沢くんの前でなら、あんなに素直に泣けるのに。
突然床に目を落とし黙り込むあたしを、要が下から覗き込んだ。
「まゆり？　どうかしたか？」
やめて。だめ。見ないで……！
「なんでも……ないよ……」
一文字分の声を出すだけで、涙があふれそうになる。
頑張って明るい声を出そうとしても、裏返って空回り。
「もしかして具合悪いんじゃ……？」
やめて。見ないで。
……相沢くん！
「朝奈！」
下を向いてギュッと目を閉じていたあたしの背中から、名字を呼ぶ声が。
後ろを振り返ると、そこにいたのは……
「朝奈！　お前、俺と一緒に日直だろ？　先生に次の授業の準備しろって言われてたじゃん」
「……蓮見くん？」
どうして蓮見くんが？
それに、あたしは今日の日直なんかじゃない。
何でこの人が、こんなところに……。
「ほら早く！　俺だけに仕事押しつけんなよ！」
「えっ……！　ちょっと待っ……！」
強引に手を引かれ、教室がある方向へ無理矢理引っ張られてしまう。
「かっ、要ごめんね！　また……っ」
要に慌てて声をかけ、手を引かれるままに蓮見くんの後をついていった。

「痛っ……！　放して！」
握られた手を振り払う。
自分達の教室を通り抜け、手を引かれて連れてこられたのは、屋上に続く階段。
滅多《めった》に通る人はいないため、今もあたしたちしかいない。
「何なの!?　あたし、蓮見くんと日直一緒にしてる覚えはないんだけど」
「俺も」
「じゃあ一体なに！」
全く悪びれる様子を見せない彼に、つい声を張り上げてしまう。
「そんなに怒んなよ。せっかく助けてやったんだからさー」
「助け……？」
「困ってる顔してたじゃん」
「なに……それ……」
困ってる顔？　あたしが？　どうして？
要の傍にいたのに。彼氏なのに。
困ってる顔……してたの？
「少なくとも、彼氏と一緒にいて幸せーって顔はしてなかったけど？」
その通り。本当は安心した。蓮見くんが現われて、あの場から連れ去ってくれて。
だって、あのまま要の前にいたらきっと泣いていたから……。
背中から声をかけられて、相沢くんの顔がそこにあることを少なからず期待した。
振り向いた先にいたのは、蓮見くん。
一番会いたくないと思っていた、この人だったけれど……。
「なあ、遠回しに言うの面倒だから聞くけどさ……、お前、相沢と浮気っぽいことしてない？」

どくん。
心臓が大きく跳ねた。
分かっていたことだったけど。
この人はきっと気付いているだろうと確信していたけど。
いざ言葉に出されてしまうと、その声が心に重くのしかかってくる。
ごめん……。
心の中で相沢くんの顔を思い浮かべ、謝罪した。
スウッと大きく息を吸い込み、目の前の人物を相手に目を真っすぐ見据える。
「もしそうだったとしても、蓮見くんに関係あるの？」
心臓の音が凄い。
必死に強気な態度でいても、目を逸《そ》らしたら負けてしまいそう。
「へぇー……、認めるんだ？」
「そんなこと言ってないでしょ。関係あるのかないのかって聞いてるの」
足が震える。
ここから逃げたい。
必死で作った強気な態度は、見破られているかもしれない。
でも、逃げちゃいけない。
この人の目的を知るまでは、逃げるわけにはいかない。
「関係……ねえ……」
蓮見くんは右に目を逸らし、考える素振りを見せた。
そして、目を細めてにっこりと笑い、一言
「あるよ」
と、言った。
予想外の回答に、一瞬言葉を失う。
関係が……ある？

「それ……」
「関係っていうか、まぁ、俺の一方的なものだけど」
「一方的？」
言っている言葉の意味が分からず、ただ目を丸くすることしかできない。
頭の上にハテナマークを浮かべるあたしに、蓮見くんが口元に笑みを浮かべて答えた。
「俺さ、佐倉桜花のこと狙ってんだよね。だから、相沢が邪魔なわけ」
分かる？　とでも言いたげな声で、無邪気に笑う顔がそこにはあった。

「朝奈、俺と手ぇ組まない？」

相変わらず無邪気な笑顔で、悪戯を思いついた子供のような顔で蓮見くんは笑った。

ヤキモチとライバル

「はぁー……」
「でっかいため息」
教室に戻り、席に着くなり大きなため息を漏《も》らすあたしに、相沢くんがすかさず指を差して指摘した。
「だって蓮見くんが……」
「蓮見？」
思わず飛び出した名前に、慌てて口を手で隠す。
危なかった。いくら相沢くんにでも、言えるわけがないのに。
もう一度ため息をつきながら、先程の蓮見くんのセリフを頭の中で反芻させた。

──「俺と手ぇ組まない？」
「……は？」
無邪気に吐き出される言葉に、聞き返さずにいられない。
えーと、蓮見くんは佐倉さんが好きで、だから彼氏の相沢くんの存在が邪魔で。
で、……あたしと手を組む？
どういうことなんだろう。いまいち状況を把握できない。
「だって朝奈は相沢の彼女の佐倉桜花がじゃまだろ？　で、俺は逆に佐倉が欲しいの。な？」
目的は一緒だろ？　と、蓮見くんは笑った。
この人なんか誤解してる！
「ちょっと待った！　蓮見くんの言ってることおかしい！」
「なんで」
ストップをかけるように手の平をビシッと前に突き出すと、蓮見くんはキョトンと目を丸くした。
「一応聞くけど、あたしと相沢くんのこと何だと思ってんの？」
「浮気同士だと思ってるけど。で、松本と相沢のどっちも欲しい朝奈は、佐倉が邪魔なんだろ？」
「違う！」
あたしはどんな女だ。
っていうか、この人そんな目で見てたのか。
「あたしは相沢くんのこと好きになったりしない！」
好きになんてならないんだから。
話すたびに、一緒にいるのが楽しいと思うたびに、何度も心にストップをかける。
好きじゃない。好きになんかならない。
好きになんて、なるわけがない。
だって、傍にいるのはお互いの目的のため。それだけ。
「そうには見えなかったけどね。昨日の顔は」
「何言ってんの……」
「好きじゃない奴に向ける笑顔じゃなかった、って言ってんだよ」
蓮見くんは肩を竦《すく》めて言った。
その声が、なぜか胸にチクチクと刺さる。
その痛みに気付かないふりをして、ゴクリと飲み込む。
そして、もう一度自分に言い聞かせるように言葉を紡いだ。
「好きじゃないよ。だから浮気にもならない。こんなの浮気なんて呼べないでしょ……？」

「は？　蓮見が何だって？」
相沢くんの声で、ハッと頭が現実へと戻される。
「え？　は、蓮見くん？　そんなこと言ってないけど」

目を泳がせ、目を合わせないように嘘をつく。
「……お前、なんか言われただろ」
問い詰める目に、ギクッと心臓が怯える。
「い……言われてないし……」
言えるわけない。あたしたちの関係がばれてしまった上に、「あなたの彼女が狙われてるんだよ」なんて……。
ただでさえ相沢くんは佐倉さんのことで悩んでいるのに、ライバルがもうひとりなんて。
言えるわけないじゃん。
あんな泣き顔見ちゃったら。
この人の、笑顔の裏の悲しみを知ってしまったら……。
言えない。

結局、さっきはひとりで教室まで逃げ帰ってしまったけど……。
「おい、まゆ……朝奈」
相沢くんが言い掛けた時。
ガラッと教室のドアが開き、そこから顔を出したのは蓮見くん。
やばい。
「お前、まださっきの……」
「あっ、相沢くん！　なるべくふたりでは話さないんじゃなかったの？」
蓮見くんの姿が見えたことで焦ってしまい、慌てて小声で相沢くんに話し掛けた。
今、ふたりで話しているところを見られてしまうのは、非常にやばい。
案の定、蓮見くんは離れた場所からこちらをジーッと見ている。
その視線を気にするのに夢中で、相沢くんがムッと表情を歪めたことには気付けなかった。

マナーモードに設定しているケータイが、メールを受信して、ブルブルと震えた。
送り主は、『相沢洋司』と表示されている。
隣の席をチラッと見て、ケータイの画面に目線を落とした。
『さっきのメールまだ怒ってんの？』
……さっきのメール？　えーと、何だっけ？
受信メールのひとつ前のものを開く。
そこには『好きになったんだと思ったのに』という、ふざけた文が。
そうだ。このメールに腹が立って、『ばか！』と返信して教室を飛び出したんだった。
せっかく忘れかけていたのに、今受信したメールのせいでまた怒りを思い出してしまった。
ムーッと眉をつり上げながらも、返信用のメール文をカチカチと打つ。
普段と同じはずなのに、怒っているせいかボタンを押す音もいつもより大きく聞こえる。
『べつに全然気にしてませんけど？(｀ε´#)』
少々憎たらしさを覚える顔文字付きで文を作成し、送信ボタンを押す。
隣にいる相沢くんのケータイのランプが青く光った。
相沢くんはケータイを開き、数秒も経たないうちに口元を引きつらせ、バッ！　とこちらを向いて睨んだ。
返事をする代わりに、あたしはべーっと舌を出す。
それを見て、相沢くんは再びケータイの画面に目を落とし、ボタンにカチカチと指を滑らせた。
直ぐ様、自分のケータイがブルブルと震える。

受信メールの送り主は、もちろん隣にいるこの人。
いい内容のメールではないことを予感しながら、新着メールを開く。
そこには一言。
『かわいくねえ女』
——なっ……！
なんだとー⁉
「相沢く……っ！」
「話さないんじゃなかったわけ？　蓮見に見られてるけど？」
思わず叫びそうになったあたしに、しれっとした様子で、ケータイを片手に言った。
むっ……、ムカつく！
怒りに任せて、また返信メールを打ち始める。
すると、ちょうど教室のドアが開いて、
「洋司くーん？　いるー？」
「あ、サクラ」
ドアを開けたのは、佐倉さん。
あたしとメールで会話をしていたはずの相沢くんは、立ち上がってすかさず佐倉さんの元へ向かった。
その様子を見ている人が、あたしの他にもうひとり。
それは、蓮見くん。
蓮見くんは佐倉さんのことが好きだと言った。
ふたりが話すこの光景を、一体どんな気持ちで見ているのだろう。
さっきの顔とは全然違う。真剣な顔で、ただ佐倉さんだけを見ている。
一番前の席にいるから、ドア付近で話すふたりの会話が所々聞こえた。

「現国の教科書持ってない？」
「ちょっと待ってて」
相沢くんが席に戻り、机の中を探るために頭を屈めた。
教科書を見付け、顔を上げる。その時、不意に目線がバチッと合った。
び、ビックリした……。
目線が合ったときの顔が、いつもとは違う真顔だったから、少し心臓が騒いでしまう。
真顔だったから……だよね。うん。
さっきまでの、メールでやり取りしていた時の子供みたいな表情とは全然違ったから。
ドキドキしたのは、きっとそれだけ。

再び相沢くんは佐倉さんの元へ戻り、教科書を渡した。
蓮見くんを見ると、もう佐倉さんを見てはいなくて、友達と一緒に笑いながら話をしていた。

『かわいくねえ女』
このメールに対する返信。
『どうせあたしは佐倉さんみたいにかわいくないですよ！』
笑顔で相沢くんに話し掛ける佐倉さんの姿を見て、まだ打っている途中だったこの文を、送信ボタンを押す前に削除した。
ため息をつき、ふたりの姿を見る。
佐倉さんが笑うのに合わせて、相沢くんも笑顔。
どうせあたしは可愛くないし。
佐倉さんみたく、ふわふわな綿菓子みたいになんてなれないし。
堂々と皆の前で、名前だって呼んでもらえない。
なんだろう……これ……。

この気持ち。
モヤモヤする……感じ。
変。
あのふたりは付き合っていて、だから話している姿なんて、当たり前の光景。
当たり前……なのに。

結局この日は、昼休みまで相沢くんと会話を交わすことはなかった。
メールも、あたしが止めてしまったからそこからは続くことはなかった。
その代わり、蓮見くんにはやたらと話し掛けられたのだけど……。

「あーさなー」
「もー、しつこい！」
蓮見くんは、休み時間のたびにあたしの元へ来ては、笑顔で名前を呼んだ。
友達と話していようが、トイレに行こうとしていようが、お構いなしに寄ってくる。
「まゆりって蓮見くんと仲良かったっけ？」
昼休憩の時間。友達同士で机を三つ並べ、お弁当を広げる。
昼食に買ったパンを片手に、困った顔をしながら和泉が問い掛けた。
困った顔をしている原因は、あたしの椅子にピッタリとくっついて、紙パックのジュースを飲んでいる蓮見くんのせい。
「ぜんっぜん仲良くなんかない！」
「えー？　めちゃめちゃ仲良くなったのに、ひでぇしー！」

声を上げて蓮見くんが笑い、ドシッとあたしの肩にのしかかる。
「ちょっ、重っ！」
「やっぱり仲良いんじゃん。要くんに言い付けちゃおっかなー？」
和泉が人差し指をこちらに向けて笑った。
「何言ってん……」
「あはは！　いいねそれ！」
ギューッと首に抱きつかれる。
だからくっつかないでって言ってるのに！
誰かに助けを求めようと、首を回して辺りを探る。
友達とお弁当を食べながら、相沢くんがこちらを見ていた。
助かった！
口だけをパクパクと動かし、声に出さずに「た・す・け・て」と、伝える。
その姿を見て、相沢くんは一度目をそらした後に、こちらに視線を戻して思い切り舌をベーッと出した。
なっ⁉　何それ！
さっきのメール、まだ根に持ってるの⁉
あたしはポケットからポーチを取り出し、力を込めてギューッと握り締めた。
昨夜、相沢くんにクレーンゲームで取ってもらったうさぎのポーチ。
真っ赤な舌を出した、ひねくれ者のうさぎ。
今の相沢くんにそっくり！
相沢くんを絞める代わりに、ポーチに思い切り力を込める。
すると、首に抱きついていた蓮見くんがそれをヒョイッと取り上げた。
「お、これって恋のお守りのうさぎじゃん」

「かっ、返して！」
「あー、ポーチだ。初めて見たぁー」
和泉が「どこで買ったの？」と、のん気にパンを口に運んだ。
「へぇー？　彼氏いるくせにお守りが必要なわけ？」
面白いものを発見した、という目で蓮見くんがニヤニヤ笑う。
「彼氏がいたら、恋のお守り持ってちゃいけないの？　もう返してよ！」
手をパタパタさせて奪還《だっかん》を試みても、ヒョイヒョイかわされてちっとも触れない。
「別にー？　悪くないけど、本当に彼氏用のお守り？」
「……どういう意味」
「さあね……。それは朝奈が一番分かってるんじゃない？」
「何言ってんの……」
目を逸らし、不意に瞳に飛び込むのは相沢くんの顔。
もうこちらに向けて舌を出していない。
友達と笑いあう横顔。
顔が一瞬で紅潮する感覚が襲《おそ》う。騒ぐのは心臓。
「誰を見て顔赤くしてんの？」
「っ⁉」
耳元でボソッと囁く声に、反射的に体を離した。
そこには、あたしを見て不敵に笑う蓮見くん。
「俺と手ぇ組みたくなったらいつでも言えよ」
そう言い残し、飲みかけの紙パックのジュースをあたしの手の平に乗せ、教室のドアへ向かった。
「ちょっと！」
「飲みかけやるよ。恭一くんと間接キスぅー」
蓮見くんは投げキッスする形で、口に当てた手をこちらにヒラリと向けた。

「いらないっつーの！」
笑いながら教室を去る姿を睨むと、教室内の皆もそれを見て笑った。
ただひとり、相沢くんだけは真顔であたしを見ていたのだけど。

「もうっ！」
押しつけられた紙パックのジュースを、ゴミ箱の中に力を込めて叩き込んだ。
ゴミ箱が、ボスッ！ と大きな音を立てる。
何なの。意味分かんない。手を組むって……何。
手を組んだところで、あたしにメリットなんか一個も無いのに。
蓮見くんは佐倉さんのことが好きだからそれでいいかもしれないけど、あたしは別に相沢くんのことなんて……、別に。
「いつの間にあんなに仲良くなったんだよ」
「ひゃあっ⁉」
ゴミ箱を前に立ち尽くしていると、背後からポンッと肩を叩かれ、思わず変なところから声が飛び出してしまった。
振り返るとそこには、不機嫌に眉を歪《ゆが》めた相沢くん。
ドキッとして、慌てて目を逸《そ》らす。
うわ、無し無し。
今の『ドキッ』とか、ありえない。
相沢くんのことを考えてたから、だから思いもよらない本人の登場にビックリしただけ。
自分に必死に言い訳をしていると、相沢くんはそんなあたしの様子には気付かないようで、言葉を続けた。
「蓮見にばれたかも、とか言ってたお前が、何であんなに和気あいあいしてんの？」

いつもよりもだいぶ低くて、不機嫌なのが分かりやすいくらいに……とても分かりやすい声。
浮気を問い詰める彼氏って……こんな感じ？
彼氏とかじゃないけど。
それどころか、浮気と呼ばれるのはむしろあたし達の方だけど。
「和気あいあいなんかしてないでしょ。あっちが勝手に寄ってくるだけ」
そしてその理由は、あんたの彼女を狙ってるから！　……なんて、言えないし……。
「嫌なら拒否ればいいだろ」
「しーてーまーすー！」
「どうだか。イケメン男子に好かれてラッキー、とか思ってんじゃねーの？」
不機嫌そうに喋り立てる姿に、カチンと怒りが沸き上がる。
何でこんなに機嫌悪そうなの？　何で相沢くんが怒ってんの？
もしかして、まださっきのメールに……？　執念深い！
「何でそんなこと言われなきゃならないの！」
「彼氏がいるくせに他の男にデレデレしてるからだろ！」
「だからしてないって言ってんでしょ！　あんた目玉付いてんの⁉」
つい大声を上げて言い争うあたし達を、クラスの皆が不思議そうな目を向けた。
だけど今は気にしている余裕すらない。
「彼氏ヅラしないでよね！」
あ、やばい！　言い過ぎ……！
つい叫ぶと、相沢くんはピタッと止まり、顎に手を当てて考え込んだ。
「あ、相沢くん……あの……」

早く謝ろうと、再び声をかけると、
「それもそうか……。うん。だよな」
と、冷静にひとりで「うん。うん」と納得し、自分の席へ戻っていった。
ゴミ箱の前に取り残されたあたしは、
「え……」
と、一言出すのが精一杯だった。

「ちょっとまゆり、何？　今の。痴話喧嘩《ちわげんか》っぽいんだけど……」
クラス中の視線を代弁するように、和泉が困った顔をしている。
「そんなんじゃ……ないよ……」
和泉の声を右から左に受け流しながら、相沢くんに目をやる。
ボーッと考えてる顔が、斜め後ろからでもよく分かった。
メールも、今のも、謝りそびれちゃった……。

「図書室で調べたい事があるから、先に帰っててくれる？」
いつものように「一緒に帰ろう」と、誘ってくれた要にそんな嘘をついてから、約……二時間。
放課後。図書室にはいるものの、本も何も持たず、ただ椅子に座って悶々と考え事をしている。
右手にはケータイ。
画面には、『相沢洋司』の電話番号の画面を出したまま、通話ボタンをどうしても押せないでいた。
謝るなら早いほうがいい……よね。
もう家に帰ってるかな？　まだ佐倉さんといるかな？
いや、さすがにもう家に送ってってるかも。
でもまだ一緒かもしれないし……。
電話にしなくても、メールで謝れば……。

……謝るのにメールって失礼じゃない？
そんな事を延々と繰り返し考えて、すでに二時間が経っていた。
本当は、謝るのが怖いだけ。
どんな返答があるのか、それを知るのが怖いだけなのかもしれない。
「もうすぐ図書室閉めますけど……」
突然かけられた声に、ハッと思考が現実世界へと戻された。
声をかけたのは、今日の図書当番の女子生徒。
パッと顔を上げて窓を見ると、外は夕焼けでオレンジに染まっていた。
もうこんな時間？
図書室にある時計を見ると、時刻は午後６時30分。
慌ててケータイを閉じ、図書当番の女子生徒にペコッと会釈をして、急いで図書室を出た。

どれだけの時間、考え込んでたの？
謝るだけ。一言謝るだけなのに！
相沢くんに謝るだけなのに……勇気が出ないなんて。

「今日はごめんね……。今日のメールとか、つい叫んじゃったりとか……」
ケータイを片手に、ブツブツとひとりで廊下を歩く姿は、とても異様な光景に見えることだろう。
時間が遅いため、誰も廊下にいないことが幸い。
「んー、もっと簡潔に言ったほうがいいかな。色々ごめんね？とか。……色々じゃ意味分かんないか」
ブツブツと謝る練習をしながら、自分の教室へ入る。
机に座り、隣の席を見るように椅子の向きを変える。

相沢くんがそこにいる、というシミュレーションで、ケータイの通話ボタンを押した。
耳に受話器を当てると、プルルルルと呼び出し音が響いた。
コールが鳴るたびに深呼吸をする。
すると、壁の向こうから微かに声が聞こえた。
隣のクラス。そこは、要と佐倉さんの教室。
いつもなら、人の騒めきで隣のクラスの声までは聞こえなかっただろう。
だけど、ほとんど誰もいない校舎の中では、壁一枚を挟んだ教室の声も少しだけ届く。
何を話しているかまでは、さすがに分からないけど。
女の子の声。
まさか、また佐倉さんと……要？
嫌な予感が過り、なるべく音を立てないように教室を出て、隣のクラスの教室の前に立つ。
見たくないけど……、でも安心したい。
中にいるのは、要じゃないって確かめたい。
ひとりで帰ったの。今は家にいるはずなの。
あたしは目を閉じて自分へ何度も言い聞かせた。
隣のクラスにいる人物のことで頭がいっぱいで、忘れていた。
あたしは今、相沢くんへ電話を発信させているんだということを……。

ドアの小さな窓から、そっと覗いてみる。
そこには、女子と男子がひとりずつ。
男子はこちらに背中を向けていて、女子はこちらを向いているものの、逆光でよく見えない。
夕日のオレンジにキラキラ透けるフワフワと揺れる髪の毛。

顔が見えなくても、分かる。あれは、佐倉さん。
だけど、一緒にいる男子は要じゃない。
後ろ姿でも見間違えたりするはずが無い。
あんなに髪の毛が黒くはないし、何よりもいつも付けている黒い腕時計を、この人物は身に付けていない。
あれ？　この人は……。
目を凝らして、後ろ姿から正体を探っていると、
「洋司くん、さっきからケータイ鳴ってない？」
佐倉さんが、目の前の人物のポケットを指差した。
相沢くん……？
ポケットを探るために、チラッと横顔が見えた。
佐倉さんと一緒にいる男子は相沢くんだった。
相沢くんはケータイを取り出し、サブ画面を確認してから、またポケットへケータイを戻した。
それは、着信の相手があたしだったから。
佐倉さんのいる前で着信に答えるわけにはいかないからだろう。
「洋司くんいいの？　電話なんじゃ……」
「ああ、うん、友達からだし、別に大した用事でもないだろ……」
相沢くんには背中を向けられていたけど、佐倉さんに向ける笑顔が引きつった苦笑いであろうということは、容易に想像ができた。
そっか、電話切らないと……。
慌てて電話を切ろうと、ケータイのボタンに親指を当てた。
親指に力を込めることはできなかった。
目の前の光景に目が釘づけになり、体のどの機能も働かないみたいに、その場に立ち尽くしてしまった。

教室の中で会話が止まる。
それは、ふたりとも話すことができないから。
お互いの唇を重ね合わせ、口をふさいでいるから……――。

フラッシュバックするのは、あの日の夕焼けの鮮やかなオレンジ。
夕日にキラキラと透ける佐倉さんの髪の毛。
相沢くんと見た、放課後のキス。
ただ違うのは、その相手が相沢くんだということ。
それを見ているのがあたしだけだということ。
足が動かない。目が離せない。
どうしよう……。早く立ち去らなきゃ、気付かれてしまう。
分かってるのに。
動けない……。
見たくないのに。動くことができない。

相沢くんへ発信する電話は、まだ止まらない。

――ガタッ
ドアに手が触れてしまい、音を立てる。
その音で、ふたりは驚いた顔でこちらへ目を向けた。
そこでやっとあたしも、呪縛《じゅばく》から解かれたかのように体を動かすことができた。
電話は、留守番電話に切り替わったことを示すアナウンスが流れた。
「え……、まゆり？」
よっぽど驚いたのか、佐倉さんがいる前だというのに、相沢くんはあたしの下の名前を口に出した。

佐倉さんはあたしが見ていたことよりも、相沢くんが下の名前で呼んだことに不信感を抱いていたようだった。
「あ……」
顔が青ざめているのが、自分でも分かる。

上手く声を出せないまま、その場から走って逃げ出した。
「まゆり！」
後ろから、呼び止める相沢くんの声。
自分の走る足音に重なり、もうひとり分の足音が後ろから聞こえる。
「待てよ！」
あたしはその声を無視して、ひたすら廊下を走った。
ハァハァと息が苦しい。
これは走ってるせい！　絶対にそうに決まってる！
泣いてるからじゃない！　苦しいからじゃない！　悲しいなんて思ってない！
相沢くん相手にそんなことを思うはずが無いんだから！
「まゆりっ……！」
パシッと手を叩かれるような形で、手を握られた。
そのために、無理矢理動きを停止させられる。
「まゆりって呼ばないで！　早く佐倉さんのところ行けばいいでしょ！」
息切れと共に、喉から嗚咽《おえつ》が漏《も》れる。
頬に伝う涙が熱い。
早くどっか行って。
あなたのことを考えて、あなたを泣き場所にするなんて絶対に嫌なの。
「早く放して」

「嫌だ」
目の前には、走ったせいで前髪がクシャクシャに乱れた相沢くん。
左右によけられた前髪から覗く、普段は見えない額からは、薄らと汗が滲《にじ》んでいた。
「放してって言ってるでしょ！」
「じゃあ何で逃げるんだよ！」
手を思い切り振り払おうと力をこめても、それ以上に大きな力で握り締められる。
痛いくらいに……。
その痛みに、手の熱さに、また涙が溢れた。
「よく……キスなんかできるよね……」
やめて。早く放して。
余計なことを口走る前に……——！
そんな思いとは裏腹に、握り締める手は強くなるばかり。
「ちゃんと分かってんの？　あの人は要ともキスしてたんだよ？」
お願い。やめて……！
あたしは何を言おうとしてるの⁉
これじゃあ、まるで……。
「何が言いたいんだよ」
いつもより低い声のトーンに、ビクッと体が震えた。
なのに、言葉は口を滑って止まらない。
「なんでそんな人とキスなんかできんのって言ってるの！　汚い！」
ハッと気付いた時には遅く、今さら口を手で隠しても意味は無い。
「なんだそれ……」

相沢くんは俯き、それでもあたしの手は放さなかった。
違う。こんなことが言いたかったんじゃない。
本当は謝りたかったのに。それだけだったのに。
どうしてこうなるの？
言葉につまっていると、突然相沢くんはこちらを見て、握った手をグイッと自分の元へ引き寄せた。
「っ！」
バランスを崩し、相沢くんの胸へ倒れこんでしまう。
「あ……」
顔を上げると、怒ってるような泣きそうな……複雑な表情。
怖くて直視することができない。
「じゃあお前にもしてやろうか？」
「え……？」
「キス」
短く言い放った言葉を耳に聞いたと思ったら、表情が分からないくらい近くに顔があって……。
顔を引き寄せる強い力に、体が強ばる。
こんな……当て付けみたいに……！
「っ……やだ！」
持っている全ての力を出し、両手で思い切り体を押し退けた。
自分では凄く力を出したつもりでも、実際はたいしたことがなかったらしく、相沢くんは少し足がよろけた程度だった。
「はぁっ……はぁ……！」
息が上がる。涙で顔はきっとぐちゃぐちゃ。
呼吸が苦しい。
口に手を当てて、必死に呼吸を整えようと試みる。
それでも涙は次から次へと止まらない。
さっきまで佐倉さんと笑っていたその唇で、佐倉さんと重ねたその唇で、さわらないで。
佐倉さんのことを好きだと言うあなたが、あたしの名前を呼ばないで。
「最っ低！」
手に持っていたポーチを、思いっきり投げ付けた。
水色のうさぎのポーチ。
それは、昨日の夜に、ふたりで過ごした証。
佐倉さんを好きな相沢くんなんて、大嫌い。

「っ……何なんだよ！」
あたしに言ってるようで、自分に叫んでるような相沢くんの声は届かなかった。
あたしは、その場から走って逃げてしまったから。

「ど……、どういうこと……？　どうして……」
小さく言葉を漏らすのは、壁に隠れて、青ざめた顔でふたりの様子を見ているひとりの女の子。

たどり着く目的場所も無いまま、バタバタと廊下をひたすらに走る。
階段を下り、すぐ近くに雑談をしながら歩く五人の男子がいた。
今のあたしには気にできる余裕すらなく、走り抜ける時にその内のひとりと肩が擦ってしまった。
「うわっ⁉」
ぶつかった男子が声を上げ、こちらを見た。
「え……、朝奈？」
それは蓮見くんだった。
だけどあたしにはその声は届かず、謝ることも忘れてその場を駆け抜けた。

「なんだ？　今の」
「あれって朝奈じゃなかったか？」
男子が次々に喋り立てる。
蓮見は軽く手を上げ、
「わりぃ、先帰っててくんね？」
と言い、まゆりの後を追った。

「ふ……ぇ……っ」
立ち止まり、壁に手をついて息を切らす。
走ったときの苦しさと、泣いている苦しさで声を出すのも辛い。
脳裏にぐるぐると駆け巡るのは、相沢くんの声。
──『お前にもしてやろうか？　キス』
怖かった。握られた手が痛かった。
そして何よりも……、悲しかった。
「ひっ……く……っ」
佐倉さんと一緒にいる相沢くんなんて見たくなかった。
佐倉さんとキスをする相沢くんなんて見たくなかった。
佐倉さんを好きな相沢くんなんて……。
「朝奈」
背中から聞こえる声に振り向くと、そこには蓮見くん。
「は……すみ……くん？」
「何で泣いてんの？」
蓮見くんは、涙でぐちゃぐちゃになった顔をじっと見つめた。
どうして今ここにいる人が、この人なんだろう。
どうして相沢くんじゃないんだろう。
どうして……相沢くん以外の人の前なのに、泣けるんだろう。

「相沢に泣かされた？」
「えっ……！　どうして知っ……」
「本当にそうなんだ」
見られてたのかと思ったけれど、ただ適当に当てずっぽうで言っただけらしい。
はめられた……。
頭では不快感を感じずにはいられない自分がいるのに、力が出なくて反発すらできない。
「好きなんだろ？　相沢のこと」
「……好きじゃない」
いきなりあんな事するから、ムカついただけ。
いつもの相沢くんじゃなかったから、怖かっただけ。
そうに決まってる。
「じゃあ何で泣いたんだよ」
「それは……」
それは……
『相沢くんが佐倉さんを好きだから』……？
相沢くんが佐倉さんを好きで……、あたしは泣いたの？
顔がかぁっと熱くなり、また涙が溢れた。
うそ、やだ、そんなこと……！
「わっ！　何でまた泣くんだよ？　ごめんって！」
突然涙をボロボロと流すのを見て自分のせいだと思ったのか、蓮見くんはうろたえて謝罪の言葉を口にした。
「ごめ……っ蓮見く……」
しゃくり上げた声で言葉を紡ぐと、蓮見くんは目線を合わせるために屈んだ。
「なぁ、俺が言ったこと覚えてる？」
「え……」

「手を組む気になったらいつでも言えって……、言っただろ？」
それは、今日の昼休みに聞いたセリフ。
蓮見くんは佐倉さんを好きだから、相沢くんを邪魔だと思っている。
あたしは……。
もう……相沢くんの傍にはいられない。
いたくない。
自棄《やけ》になっていたのかもしれない。
それに、思考も上手く働いていなかった。
「うん……、覚えてるよ」
ゆっくりと頷いた。
これは相沢くんに対しての当て付けだったのかもしれない。
だけど、もう傍《そば》にはいたくなかった。
浮気ごっこは終わり。
あんな人、絶対に好きになんてならない。
だって、首筋のキスマークは、もうとっくに消えている。
――『お前は俺を好きになるしかないんだ』
そう言って、首筋に触れた誓いのキス。
その証は無い。
「いいよ、協力してあげる」
「それは……相沢が欲しいから？」
「違う。これ以上傍にいたくないから」
頭に血が上って、あたしは大事なことを忘れていた。
相沢くんの左の胸からも、キスマークは消えていたんだということを。
相沢くんを好きにならない誓いの証。
そして、この気持ちの正体も。
要と佐倉さんのキスを見たときに感じた気持ち。

その時と同じ感情を抱いていたなんて……——。
その時のあたしには気付くこともできなかった。

時刻は午後6時40分。
始まりのあの日と同じ。

嘘つきな唇

「ふあ……」
布団から起き上がり、伸びをしてあくびをする。
時計を見ると、朝の十時を過ぎたところだった。
あ、寝すぎちゃった。
今日は土曜日。学校は休みだから、何時に起きようと関係ない。
休みで助かった……。
昨日の今日で、相沢くんの顔をまともに見る自信なんて無いもん。
昨日はあれから、帰り道が薄暗かったこともあって蓮見くんに送ってもらって家に帰った。
蓮見くん……か。
もしかして、とんでもない約束しちゃったのかな？
協力する……、なんて。
はぁ、とため息をつくと、ケータイが大きなメロディを奏でてあたしを呼び出した。
突然の音に、ビクッと体が震える。
メール……じゃなく、この音楽だから、電話の着信音か。
ケータイの画面を見ると、その相手は『相沢洋司』。
相沢くん⁉　なに？　なんで？
発信元の名前を見ながら、脳裏に浮かぶのは昨日の顔。
どくん、どくん。
む、無理……。名前を見ただけでこんなにも手が震えるのに、話なんてできるわけが無い。
お願い……！　早く切れて！
目をギュッと閉じて祈るように懇願《こんがん》すると、何度目かのコールで音楽は止んだ。
ホッと胸を撫で下ろすと、間髪《かんぱつ》入れずにまた音楽が鳴り響いた。
今度は、メール受信音。
メール？　こんなタイミングに誰？
ケータイを開き、メール画面を見ると未開封メールが一件。
……相沢くんだった。
内容は一言。
『話があるんだけど』
これって絶対、わざと着信を無視したってばれてる……。
電話じゃあたしが出ないの分かって、だからメールで用件を……。
メール、返した方がいいのかな
話って何だろう。……昨日のことだよね。それ以外に無いもん。
でも、怖い。
震える手で返信用のメールを打つ。
『何も話したくない』
これだけの文。文を書いては消して、迷っているうちに結局30分もかかってしまった。
相沢くんの返事が怖くて、メールを送信した後にすぐにケータイの電源を切った。
そうすれば、着信にもメールの受信にも、呼び出される事は無い。
何でこんなことになっちゃったんだろう。
あたしはただ、相沢くんといると楽しくて、一番の理解者がすぐ傍にいることが嬉しくて、ふたりだけの秘密がくすぐったくて……。
それだけだったのに。それだけで良かったのに……。
──『奪って、傷つけてやるの』

そんなこと、もうどうでもよくなっていた。
一緒にいられる木曜日の夜が待ち遠しかっただけ。

あたしはその夜に、熱を出して寝込んだ。
「知恵熱出すなんて、まゆ姉子供みたいだよね」
そんな妹の声を聞きながら、夢に落ちていった。
「何をそんなに考えてたわけ？」
相沢くんのことだよ。
彼氏じゃない、男の子。

ケータイの電源は、まだ落ちたまま。

「大丈夫？　学校行けそう？」
お母さんの声で目を覚まし、ゆっくりと起き上がる。
今日は月曜日。
結局、昨日の日曜日はずっと寝込んで過ごしてしまった。
額に手を当てると、熱さは感じない。
少しだけクラクラしたけど、元々ただの知恵熱だし、病気と呼べるほどでは無いみたい。
学校か……。教室入りたくないな。
あたしの席は、相沢くんの隣。
どんな表情をしているのか、想像すると怖い。
だけど、ずっと逃げるわけにもいかない。
「大丈夫？　やっぱり休む？」
お母さんの心配する声に、
「ううん、ちゃんと行くから」
苦笑いで返事をした。

土、日と、ずっと電源を切っていたケータイに電源を入れてみる。
メールの問い合わせをすると、意外にも相沢くんからのメールは届いていなかった。
ホッとしたような、でも残念に思う気持ちもあって複雑に感じながらも、他に届いていたメールも開いてみる。
メールは全部で五件。その内の三件は友達から。
もう一件は、ＳＮＳサイトのメールマガジン。
そして、最後の一件は要からだった。
受信した日は日曜日。
内容は、
『明日話したいことがある』
と、いうもの。
土曜日に届いた相沢くんからのメールと似た響きを持っていた。
昨日の要が言う明日。つまり、今日。
なんでだろう？　要と会うことを、怖いと思ってる……。
それに、要と話すの……なんか嫌だな……。傍にいたくない。

ため息を吐きながら、家の玄関を開ける。
「いってきます……」
「あ、ねえ、ショートケーキとチョコケーキ、どっちにする？」
出掛けに、お母さんが変な質問をしてきた。
「なに？　ケーキ買ってくれるの？　じゃあチョコ」
ケーキ屋でフェアでもやっているのだろうか。
聞く元気もなくて、そのまま学校へ向かった。

キーンコーンカーンコーン……

校舎の外にも学校の予鈴《よれい》が鳴り響く。
ケータイで時刻を確かめると、この予鈴は遅刻スレスレの最後の予鈴。
ノロノロと歩くあたしの横を、バタバタと昇降口に向かって走る生徒がたくさん。
遅刻でもいいや。普通の時間に行ったら、相沢くんと鉢合わせちゃうかもしれないから……。
どうせ教室に行けば隣の席にいるんだけど、さすがに授業中は話し掛けてこないだろうし。
予鈴が鳴り終わった頃、靴箱の前はすっかりガランとして誰もいなくなっていた。
あ、遅刻だ。
下駄箱から上履きを取り出し、冷静にそんなことを考える。
すると、
「まゆり」
誰もいなくなったはずの昇降口から、名前を呼ぶ声。
懐かしさを彷彿《ほうふつ》とさせる声に、思わず顔を上げた。
「相沢くん……？」
あたしのすぐ目の前にある柱から姿を表わしたのは、腕組みをして不機嫌《ふきげん》な表情を顔に貼りつけた相沢くん。
あたしが来るまで、ずっとそこで待っていたらしい。
「話があるんだけど」
いつもより低い声に、体が強ばってしまう。
「あ……あたしは無いよ……」
「俺はある」
「っきゃ……！」
上履きに履き変えたと思うと、突然強引に手を引かれた。
「やっ！　やだ！　放してよ！」

懇願する声も無視して、相沢くんは手を引いてスタスタと進んでいく。
「ちょっと！　どこ行くの！　ねぇ！」
「話できるところ」
頭がクラクラして、熱い。
相沢くんが怒っていることは、声から分かるのに……。
どうしよう。泣きそう。
握られた手が痛くて、嬉しい……なんて。

手を引かれ、小さな空き教室へ連れ込まれた。
「ひゃっ……！」
少し乱暴に壁に体を押し付けられる。
「いっ……た……」
壁に押し付けられ、バン！　と、顔の両側に囲むように両手が付く。
顔が凄く近い。触れていないのに、肌の熱を感じる。
心臓の音がうるさい。
見たくないのに、目を逸らせない。真っすぐな瞳が捕らえて離さない。
「もう……相沢くんと一緒にいるの……やめる……」
震える唇で、喉から声を絞りだす。
顔が近くて、心臓がうるさくて、……もう泣きそう。
「なんで？」
動揺するあたしとは正反対に、相沢くんは冷静に問い掛けた。
「あたしは蓮見くんと……」
「……蓮見？」
眉がピクッと歪んだのが見えた。
「なんで蓮見？」

「なんでって……」
──蓮見くんも佐倉さんを好きだから。
──これ以上相沢くんの傍にいたくないから。
だめ。……言えない、こんなこと。
「……なんで？」
「っ……！」
コツンと額と額が触れた。
目線が同じ場所にあって、吐息をすぐ傍に感じる。
自分の顔が紅潮するのが、鏡を見なくても分かる。
泣きそうで、頭がクラクラして、目の前がぼやけて見える。
「答えて。まゆり」
どうして相沢くんが怒っているのか分からない。
どうしてこんなに顔が近いのか分からない。
心臓が騒ぐ理由を知りたい。
なんで泣いてしまいそうなのか知りたい。
名前を呼ばれるだけで、震えるほど嬉しい。
あたしはその理由を知らない。知りたくない。
「あ……相沢くんには関係ない！　もうやめるの！　こんなこと！」
ギュッと目を閉じて、思い切り叫んだ。
目を見て言うことができない。
目を閉じないと、きっと涙が零《こぼ》れてしまう。
卑怯《ひきょう》でごめんね。嘘つきでごめんね。
ずっと傍にいられたら、凄く楽しかっただろうな……。
だけど、もうあなたを泣き場所にするのはやめるね。
「蓮見のこと……好きになった？」
「違っ……！」
言葉を最後まで言うことはできなかった。

唇がふさがれて、声を出すことが叶わない。
「っーー……！」
唇をふさぐのは、相沢くんの唇。
柔らかくて温かな感触がすぐそこに……――。
一瞬何が起こったのか理解できず、頭の中が真っ白になる。
ぼやけるくらい近くに、閉じたふたつの目があって、それで……。
焦点が合わない。
顔が近すぎて、他に何も見えない。
「や……っ……！」
抵抗しようと顔を背けようとしても、相沢くんの手ですぐに正面を向かされる。
「ん……っぅ……」
頭がクラクラする。
熱くてよく分からない。
何でこんなことしてるの？
キス……されてる。どうして？
だってこの人は佐倉さんと……！
「んん……っふ……」
蘇るのは夕焼けに染まった教室。
鮮やかなオレンジの中のふたり。
そこにいるのはあたしじゃない。
佐倉さん……。
「っ……や……だ！！」
持っている力の全てで、両手を前に押し出した。
お互いの体は離れたのに、まだ目の前がぼやけている。
涙が溢《あふ》れて、相沢くんの姿が蜃気楼《しんきろう》みたいに揺れて見える。
「なにすんの……。なんで……」

乱暴に奪われた唇が震える。
今もまだ、熱が灯ったまま消えない。
息が上がり、涙をボロボロ零すあたしとは違い、相沢くんは真っすぐ前を見据えている。
「なんでこんなことするの⁉　好きじゃないくせに！」
最低！
好きじゃないくせに。他に好きな人がいるくせに。
佐倉さんのことを想っているくせに。
「大っ嫌い……！」
頬を叩こうと振り上げた右手を、パシッと受け止められる。
強い力で掴まれて、びくともしない。
「放してよ……っ！」
頭に血が上る。熱くてのぼせそう。
悲しい。辛い。
……佐倉さんを好きな相沢くんなんか嫌い。大嫌い。
「放して！　大っきら……」
「好きだ」
ボソッと呟く声が耳を通り抜けた。
聞き逃してしまうくらい、小さな声。
「え……」
体の動きが止まる。
溢れるのをやめた涙が、頬を伝って顎《あご》の下から落ちた。
言葉の意味が分からない。
好きって……何？　誰が？　誰を？
……好き？
放心状態になっている体が、突然痛んだ。
気付いたら腕の中にいて、突然のことに、抱き締められているということに気付くまで時間が掛かった。

「好きになったって言ったら……、お前どうする？」
「誰……を？」
頭がぐちゃぐちゃで、理解するのに時間がかかる。
何でキスするの？　何で抱き締めるの？
何で……、
「まゆり」
あなたに名前を呼ばれるだけで、こんなにも心が震えるのはどうして？
止まっていたはずの涙が、名前を呼ばれた途端にまた溢れ出る。
強く抱き締められて、顔が胸の中に埋まっていて、呼吸が苦しい。
あたしの涙が相沢くんのシャツを濡らしていく。
「だめ……、そんなの……」
佐倉さんを好きだって言ったじゃない。
あの木曜の夜、確かに佐倉さんを想って泣いてたでしょう？
あたしの目の前でキスしてたじゃない！
「だめ……相沢くん」
あなたには佐倉さんがいるでしょ？
あたしにも、……要がいるの。
「好きだよ……。まゆり」
「だめ……」
だめ、だめ。
ただの共犯者。秘密を共有する仲間。
それ以外の感情なんか、存在しちゃいけないの。
涙が止まらない。
どうして泣いているのか分からない。
悲しいから？　嬉しいから？
……違う。

理由が分からなくて苦しいから。
「あたし……、あたしには要が……」
好きなのは要なの。要以外にいるはずが無いの。
「相沢くんじゃないの……。要なの……！」
苦しい。声が擦《かす》れる。頭が熱い。
抱き締められて、体が痛い。
苦しいんだよ。相沢くん。
要が好きなの。だからこそ、あたしはあなたと一緒にいたの。
頭がクラクラする。
「あたしは……要が好き」
……本当に？
声に出して自分に言い聞かせて、心の中で自問自答を投げ掛ける。

『要が好き』
――本当に？

「じゃあ抵抗してみれば？」
そんなあたしを見透かすような声が、頭上から聞こえた。
「本気で嫌ならできるだろ」
ギュッと抱き締める腕が強くなる。
「や……っ！　放して……！」
口では抵抗できるのに、力が出ない。出せない……。
「お願い……駄目なの……！」
「じゃあもっと抵抗してみろよ」
抵抗……できない。
だって、本当は相沢くんと話がしたいと思っていたの。傍《そば》にいて笑いたいと思っていたの。

ふたりだけの木曜日が、もっと続けばいいと……。
この気持ちをなんて呼ぶのか知らない。
知らなくていい。知りたくない。
知ってしまえば、きっとすぐに終わってしまう関係なのだから。
「抵抗しないなら、もう一回キスするけど……？」
「っーー……‼」
顎を片手で上へ持ち上げられ、半ば無理矢理に上を向かされる。
相沢くんの顔と、天井が視界に飛び込んだかと思うと、すぐに目の前を遮られた。
目の前が暗くて、唇が熱で包まれる。
「んっ……んん……！」
少し離れて、またすぐに熱が襲う。
肩を大きな手の平が押さえ付けて、痛い。
キスも、抱き締める腕も強引で無理矢理なのに、唇だけが優しく触れる。
柔らかく包み込むように、大事なものを触るように。
「やっ……だ！　相沢く……っ……んん……っ」
「もっと本気で嫌がらないと、……やめてやらない」
「ふぁ……っ……」
熱くて頭がクラクラする。
きっと、昨日までの発熱が再発してしまったんだ。
頭がボーッとするのも、抵抗する力が出ないのも、そのせい。
自分の熱にうかされてるの。
それだけ。
「ん……っ」
キスされてるからじゃない。
そんなはずない。
「やっ……ぁ……っ！」

パン！　と、部屋中に乾いた音が響いた。
あたしの手が、相沢くんの頬を叩いた音。
その頬は、すぐに赤く染まる。
思い切り叩いたはずなのに、さほど痛みを顔に出していない。
距離は縮まったまま、そこには沈黙だけがあった。
頬を叩いたのは自分のはずなのに、あたしの瞳からは涙が止まらない。
痛くて痛くて、たまらない。
「まゆり」
「まゆりって……呼ばないで……」
名前を呼ばないで。
相沢くんに名前を呼ばれると、おかしいの。
嬉しくて、切なくて、胸がギュッと締め付けられて痛い。
泣きたくなるくらいに、苦しくなる。
「あたし……、あたしには要が……」
それは、呪文のように繰り返す。
一度かけられた呪縛《じゅばく》のように、縛り付ける。
「要が……好きなの……」
……本当に？
もうひとりの自分が、冷静に問い掛ける。
「それがお前の答え？」
「そうだよ……」
本当に？
じゃあ、何で……。
相沢くんのキスを嫌だと思わなかったの？
分からない。知りたくない。
「分かった……」
相沢くんは下を向き、ボソッと小さな声で呟いた。

あたしの両脇についていた手を放し、背を向けてドアまで歩いていった。
「もうまゆりなんて呼んだりしないから安心しろよ。……悪かったな」
ドアがガラッと開き、お互いの間を遮断するようにパタンと閉まった。

その場にポツンと取り残され、しばらく呆然《ぼうぜん》と立ち尽くした。
頭が痛い。体が熱い。
相沢くんはもういないのに、涙が止まらない。
──『もうまゆりなんて呼んだりしないから』
あたしのバカ。早速後悔してる。
言葉が、胸に刺さって、痛い。
突き放したのは自分自身。
要を理由にして、離れていったのはあたしの方。
それなのに……。
もっと傍にいたかった、なんて……、都合良すぎる。
唇にそっと手を当てる。熱くて、熱が冷めない。
要のキスとは全然違う。
強引だったけど、触れる唇は優しくて……。
だけど、このキスを知っているのはあたしだけじゃないんだ。
……なんて、また自分勝手なことを考えた。

トイレに向かおうと、部屋を出る。
こんな顔で、教室に入れない……。顔洗わなきゃ。
時間は、すっかり一時間目の授業に突入。
当然、廊下をこんなふうに歩いている人はいない。
ノロノロと廊下を歩いていると、後ろからバタバタと靴を鳴らして走る足音が近付いた。
こんな時間に？　と、振り返った瞬間。
顔を確認する前に、その人はあたしの体に勢いをつけてぶつかった。
体の力が抜けていた事もあり、思わず倒れこんでしまう。
「いってぇー……。すいません！　大丈夫……って、朝奈？」
「え……」
床に腰を落としたまま、顔を上げるとそこにいたのは蓮見くんだった。
「なんだ、朝奈も遅刻？　俺さぁ、あと一回の遅刻で一時間授業欠席扱いになっちゃうん……」
喋りたてていた蓮見くんが、あたしの様子に気付いて言葉を止めた。
「また泣いてんの？」
ついビクッと反応する。
「松本？　それとも……また相沢に泣かされた？」
相沢くんの名前が出た瞬間、またじわりと涙が滲んだ。
それを見て蓮見くんはため息をつき、ポンポンとあたしの背中を撫でた。
「朝奈が好きなのはさ、松本？　相沢？」
「……要」
「本当に？」
目線を合わせるように、蓮見くんは少し屈《かが》む。
真剣なふたつの瞳に、あたしの泣き顔が映し出された。
「俺に嘘をつく理由はないだろ？　なぁ、好きなのはどっち？」
蓮見くんの瞳に映る自分を見る。
その顔は、決して「要だけを好き」だと言っている表情はしていない。

泣きそうで、迷っている顔。
あたしは、自分にまで嘘をついている。
「わ……、分かんない……」
震えて擦れた声で、蓮見くんの瞳の中の自分へ答えた。
「要のこと好きなのに……、相沢くんが……」
相沢くんが胸の端っこにいる。
ふとした瞬間に、心の中をノックしてくる。
そのドアを開けると、風が吹き抜けるみたいに、ざわざわと揺れて、心の中をかき乱して、止まない。
名前を呼ばれると嬉しい。傍にいると楽しい。
そのたびに、ざわざわ……おかしくなる。
正直な気持ちを聞いてホッとしたのか、蓮見くんは何も言わず微笑んだ。

本当のこと

結局、教室に入った時には、一時間目の授業は半分以上過ぎていた。
蓮見くんと一緒に教室に入った時、相沢くんと一瞬目が合ったのだけど、すぐにあたしの方が逸らしてしまった。
だから、どんな表情をしていたのか、その時には分かるはずも無かった。
蓮見くんと一緒に入ったの、変に思ったかな。そんなこと気にしてないかな。
キスしたこと……、どう思ってるんだろう。
唇を撫でると、先程のキスを思い出して顔が勝手に熱くなる。
チラッと相沢くんの方に目をやると、彼は机に突っ伏して顔を伏せていた。
……寝てるの？　よく寝てられるなぁ……。
そう思いながらも、顔を伏せてくれていたことに感謝をした。
再び黒板へ顔を戻す。

その横顔を、寝たふりをしていた相沢くんがこっそりと見ていた気がしたのは、気のせいだったのだろうか。

一時間目の授業も終わり、二時間目までの間の休み時間に入った。
隣の席で、授業で使った教科書を机に入れているのが見えた。
ガタンと音を立てる。
そんな些細な音にも、反応してしまう。
頭が……熱い。クラクラする。

まだ昨日までの熱が残っているみたい……。
相沢くんを見るだけで、熱い。
相沢くんが机を離れると、
「洋司くーんっ、また教科書貸してくれる？」
佐倉さんが笑顔で教室を覗いた。
「あ、サクラ……」
相沢くんもドアの所にいる佐倉さんの元へ向かった。
何、もう……。あたしにあんなことしたくせに、まだ佐倉さんと一緒にいるんじゃないの。
キスしたくせに。好きって言ったくせに。
って、何考えるんだろ……。相沢くんを拒否したあたしに、そんなこと思う権利なんかないのに。
視線に気付いたのか、佐倉さんがこちらに目を向けた。
相沢くんと笑顔で話していたはずのその顔は、こちらを見た瞬間、キッと眉をつり上げた。
……え？　今、睨まれた？
「サクラ？　おいサクラ」
「えっ、なぁに？」
相沢くんに声をかけられ、その顔はまたすぐ笑顔へと戻る。
先程の表情が、嘘みたいに。
相沢くんは自分の席に戻り、佐倉さんへ貸すための教科書を机から取り出した。
あたしは何だか気まずくて、反対方向へ目を向けた。
わざとらしいかな？
背中から視線を感じる。それはきっと相沢くんのもの。
ガタッと椅子を戻す音が背中から届いて、ドアに戻る足音。
「はい、教科書」
「ありがとうー！　二時間目が終わったら返しに来るねっ」

「いいよ、いつでも。それよりさ、お前に話があるんだけど……」
「…………。なぁに？　何でも聞いちゃう！」
一瞬真顔になった後、佐倉さんはいつも通りの笑顔で応えた。
「ここじゃなくて、後で聞いてくれるか？」
なぜかあたしが動揺してしまう。
佐倉さんにする話って、もしかして……。
ふたりの会話を聞こえないふりをして、平静を装って教科書を準備した。
どくん、どくん。
頭の中にまで心音が響いて聞こえる。
「変なのっ！　ふたりきりで話したいなんて」
「ああ……」
「じゃあ教科書借りてくね？　あたし教室戻るから」
佐倉さんは相沢くんに手を振り、教室を出る直前にあたしと目が合った。
その顔は睨むようで、……泣き出しそうだった。
もしかして気付いているのかもしれない。相沢くんが言おうとしている話の内容に。
あたしと相沢くんの関係にも、もしかして……。

相沢くんが自分の席に戻った。
ガタッと椅子を引く音にも、いちいち気になってしまう。
「朝奈」
真横から投げ掛けられた声に、ビックリして声の方向を向く。
相沢くんが黒板の方に目を向けて、あたしの名前を呼んでいた。
「えっ……、な、何？」
ドキドキ高鳴る心臓を手で押さえて、動揺を隠してそれに答えた。
黒板を見ていた顔が、ゆっくりとこちらに目を向ける。
真っすぐな瞳に射抜かれる。
心の中を全部見透かすような、黒い瞳。
違う。ドキドキなんてしてない。
急に話し掛けられたから、ビックリしただけ……だよ。
もう話し掛けてくれないかと思っていたから、だからちょっと心臓が驚いちゃっただけだもん。
「なに……？　相沢くん……」
彼の名前を呼ぶ声が震える。
だってこの人は、さっきまであたしにキスをしていた人。
普通になんて、できるわけが無いんだから。
「何でもない」
「え……」
そう言って、相沢くんは再び前を向いた。
何を言おうとしたんだろう。もしかして、佐倉さんのこと……？

その日の昼休み。
友達と一緒に昼食をとっているあたしの椅子の背もたれには、なぜかまた蓮見くんがピッタリとくっついている。
「朝奈の玉子焼き旨そう。ちょうだいっ！」
右手にパンを持ち、語尾には可愛らしくハートマークでも付きそうな口調で、蓮見くんが言った。
「別にいいけど……」
「やった！　ラッキー」
左手でヒョイッと玉子焼きをひとつまみ上げ、口に放り込む。
「蓮見くん」

「ん？　あに？」
あに？　って……。
モゴモゴと口を動かしながら、蓮見くんは紙パックのジュースのストローに口を付けた。
「何でいるの？」
「いやー、俺の体がさぁ、勝手に朝奈の椅子に吸い寄せられちゃうんだよね」
「お前は磁石かよ、恭一」
冗談を言いながら、蓮見くんは大声で笑い、蓮見くんの友達もそれを持ち上げるように笑った。
「え？　じゃあ俺ってN極？　S極？」
「バカじゃないの……」
「冷てぇー！　朝奈、超ドS極！」
「誰がドS極なの！」
蓮見くんが大笑いするから、つられてあたしも笑顔になっていたらしい。
それを見て蓮見くんは耳打ちした。
「元気出た？」
「え……」
あ、そうか……。朝、あたしが泣いてたから元気が無いのかと思って、わざと？
「……案外いい人？」
初めてちゃんと話したときの印象が最悪だったから、警戒してたけど。
朝だって慰めてくれたし。そんなに悪い人じゃないみたい。
「何だよ案外って。俺以上にいい人なんかいなくね？」
「そんなのいっぱいいるよ」
「うわー、ドS極」

「だからドＳ極って何」
ふと視線をずらす。
バチッと相沢くんと目が合ってしまった。
あたしと目が合い、相沢くんはすぐに視線をそらした。
び、ビックリした……。
何だか最近、目が合ってばかり。あたしが見すぎなのかな？
それとも、相沢くんがあたしを……？
パッと頭の中に蘇るのは、今朝の強引なキス。
柔らかい唇。熱い息遣い。
感触までリアルに思い出してしまう。
意識してしまい、顔が一気に熱くなった。
「うわ！　真っ赤！　お前熱あるんじゃ……？」
「えっ？　あっ、うん……！」
蓮見くんの指摘する声に、反射的に肯定してしまう。
でも熱があったのは嘘じゃないし、意識したらまた頭がクラクラしてきた。
「無理しないで保健室行ってくれば？」
「そうだね……、そうする」
「大丈夫？　あたしもついていこうか？」
保健室へ行こうと席を立つと、和泉が心配そうに声をかけてくれた。
「大丈夫。ちょっとクラクラするだけだから」
ちょうど良かった。だって、次の授業の時間は生物室に移動なんだもん。
生物室は、四人座れる長テーブル。あたしは相沢くんの隣。
肩が触れそうなくらいの距離。
つまり、いつもより彼が近い場所にいるってことで……、気まずくて、耐えられそうにない。

「じゃあ俺がついてこうか？」
「蓮見くんは保健室でサボりたいだけでしょ」
「あ、ばれた？」

ドアまで歩く距離を、蓮見くんが後ろから付いてくる。
教室のドアを開けると、廊下には教室の壁に隠れるようにして、佐倉さんが立っていた。
「あ」
「え？」
あたしの姿を見つけるなり、佐倉さんは「やっと見つけた」と言いたげな声を出した。
蓮見くんも後ろでキョトンとしている。
「えーと……、相沢くんなら教室の中に……」
「洋司くんじゃなくて、あなた」
睨むような顔つきで、こちらに向かって指を差した。
「……あたし？」
「そう、朝奈さんに話があるの」
突き刺すような目。
佐倉さんの話の内容は、きっとあたしが思い描いているものに間違いない。
相沢くんと佐倉さんが放課後の教室でキスしていた日。
相沢くんはあたしを「まゆり」と、下の名前で呼んだ。
それを佐倉さんはきっと聞いていた。
そして、走って逃げるあたしを、相沢くんは佐倉さんを置き去りにして追い掛けてきたんだ。

佐倉さんは、あたしたちの関係に感付いている。

「話……聞いてくれるでしょ？」
あなたに拒否権があると思う？　そんな心の声が見え隠れする声色《こわいろ》。
「うん、いいよ……」
あたしも真っすぐ目を見て答える。
あたしだって、言いたいことがたくさんある。
相沢くんとの関係は、この人と要のせいで成り立ったものなのだから。
大事なものを取られたんだから、仕返しをしようとしただけだよ。
「お前具合は……」
蓮見くんが不穏な空気を理解し、言いにくそうに声をかけた。
「大丈夫、この後ちゃんと保健室に行くから」
本当は、全然大丈夫じゃない。クラクラする。
佐倉さんと話をするというだけで、頭が痛い。
怖い。足元が震える。
だけど、逃げるわけにはいかない。
自分のためにも。彼女を想って泣いた、相沢くんのためにも。

佐倉さんと一緒にやってきたのは体育館裏。
誰にも聞かれたくないから。と、佐倉さんが前を歩いてこの場所に。
体育館裏……。こんな誰もこない場所じゃ、殴られても誰にも気付かれないんだろうな。
フワフワな砂糖菓子みたいな佐倉さん。誰かを殴るところなんて想像付かないけど。
ハッとして、自分の頭に浮かんだとんでもない想像を、頭をプルプル左右に振って否定した。

前を歩いていた佐倉さんがピタッと足を止める。そして、勢いを付けて後ろを振り返った。
その顔は、眉をつり上げて怒った表情。
思わず身構えてしまう。
佐倉さんの体が前かがみにスッと動き、それに反応して、あたしはギュッと目を閉じて歯を食い縛《しば》った。
殴られる⁉　と、思った瞬間……、
「お願い！　洋司くんを返して！」
「……え？」
声に驚き、瞼をゆっくりと持ち上げると、そこには腰を折り曲げてこちらに頭を下げる姿があった。
「佐倉さん……？」
目の前の光景が信じられず、相手の名前を呼ぶ。
なに……言ってんの？　この人……。返して、って……。
「朝のあたしたちの話聞いてたんでしょ？　洋司くんが言いたい話は、きっと……」
顔を上げた佐倉さんのまつ毛には、涙がたまっていた。
「朝奈さんには松本くんがいるでしょ⁉　だったら洋司くんを返して！」
「なに……言ってんの……」
元を辿れば、あなたが要と……！
要をあたしから奪っておいて、今度は相沢くんをとらないで、なんて。勝手すぎる。
「その要をあたしからとったのは誰だと思ってるの⁉」
頭が痛い。熱くてクラクラする。
早く保健室に行けばよかった。
ううん、やっぱり学校なんて休むべきだった。
目の前が涙で歪む。

ゆらゆら揺れる蜃気楼の中に佐倉さんが立っていて、……体が熱い。
すると、佐倉さんは然程《さほど》驚いた様子もなく、静かに呟いた。
「やっぱり知ってたんだ……」
「放課後の教室で見たんだからね！」
今でも鮮やかに思い出される。
夕日のオレンジに染まった佐倉さんの後ろ姿。顔を重ねる要。
思い出したくないのに、ふとした瞬間に勝手に再生される。
「要とキス……してたじゃない」
だから、あたしは……、あたし達は、共犯者になることを決めたのだから。
あたしたちの間に、重く沈黙が流れる。
熱い。頭が痛い。
本当は、言葉の続きを聞きたくない。
だけど、逃げたりなんかしない。
ひゅうっと音を立てて風が吹き抜け、佐倉さんはゆっくりと口を開いた。
「……してないよ、キスなんか」
「え……」
言葉の意味が理解できず、どんな言葉も返せない。
すると、もう一度佐倉さんが同じセリフを繰り返した。
「あたし、松本くんとキス……してないよ」
「なに、言って……」
この期に及んで、何言ってんの？この人……。
あたしと相沢くんは確かに見たんだから。放課後の教室で。
見たんだから！
「ふざけないで！　ちゃんと見たんだから！　要とあなたが……！」

「本当に見た？　……唇がくっついてるところ」
冷静な言葉に、ピタッと体を固めた。
唇がくっついてるところ？
あたしが見たのは、佐倉さんの後ろ姿と、顔を重ね合わせる要の姿。
唇がくっついてるところ……、……見てない。
目を見開き、目の前の相手を見ることしかできない。
頭が混乱するあたしを余所《よそ》に、佐倉さんは冷静に諭《さと》した。
「ね？　見てないんでしょ？」
「だって……じゃあ……、なんで……？」
顔近付けて、なにしてたの。
「キスじゃなかったら何だって言うの！」
「キスするふり、してただけ……」
「ふり……？」
キスするふり？　言っている意味が分からない。
そんなことして何になるっていうの？
佐倉さんは我慢していた涙をポロポロと瞳から零し、途切れ途切れに話し始めた。
「だって……洋司くんにヤキモチ妬いてほしかったんだもん」
「ヤキモチって……」
「洋司くん……、あたしが男子に告白されても全然平気な顔してて……、本当に好かれてるのか不安だったの……」
佐倉さんは右手の甲で溢れる涙を拭いながら、大きな黒い瞳を細めた。
「だから松本くんに協力してもらって……わざとふたりでいるところ見せたの……」
あたし達が要と佐倉さんを見た日。あの日の相沢くんの言葉。
――『松本が一緒にいたんだから退屈じゃなかっただろ？　俺

が来なかった方が良かったって思ってる？』
相沢くんが嫉妬する言葉を放った時点で、浮気をするふりは終わっていたのだと佐倉さんは言った。
「何それ……。相沢くんがあなたを好きなことなんて見てれば分かるでしょ⁉」
頭に血が上る。そんな中で思い出すのは、あの日の涙。
──『辛いし、悲しいよ……。当たり前だろ』
──『朝奈が泣いてると思って。俺たちは同じだから……』
悔しい。あの涙に、嘘なんてひとつもなかった。
ただ、佐倉さんへの「好き」の気持ちが溢れていて、悲しくて辛くてたまらなかった。
どうしてこの人は、そんなことも分からなかったんだろう。
どうして相沢くんを信じていなかったんだろう。
悔しくて、涙が止まらない。
頭がクラクラする。胸が痛くて、潰れそう。
「最低！」
それに、どうして……
「なっ、何で要なの……！」
この人の計画に巻き込まれたのが、どうして要なの？
なんで大人しく言うこと聞いてたの？
何度も「ごめんなさい」を繰り返した後に、佐倉さんは泣きながら声を出した。
「あたし……、あたしが松本くんの秘密を知ったから……、だから……っ」
「ひみつ？」
「一ヵ月前に松本くんが……、朝奈さんにあげる誕生日プレゼント選んでるところ……見ちゃったの……」
その言葉に、ケータイを取り出す。

画面に表示される日付に目を奪われた。
最近、色んなことが有りすぎてすっかり忘れていた。
朝の、お母さんの言葉を思い出す。
──『ショートケーキとチョコケーキ、どっちにする？』
今日は、あたしの誕生日……？
「一ヵ月前の日から、プレゼントに悩んでるって言ってた……。絶対に内緒にしてって言われたから……だから代わりに……」
だから、その代わりに佐倉さんと浮気するふりしたっていうの？　あたしのために……？
「ごめんなさ……っ」
なにそれ？　じゃあ、要は初めから浮気なんかしてなかったってこと？
──『あたしのこと好き？』
──『好きだよ』
あの言葉に、嘘は無かったの？
どくん、どくん。
心臓の音がうるさい。頭がぐちゃぐちゃで、……どうしよう。
──『あたしたちも浮気しちゃおっか』
あの日の自分が、脳裏に焼き付いた。
どうしよう。目を背けたのは、あたしが先だったんだ。
信じてなかったのは、あたしの方だったんだ。
要はずっと、想っていてくれたのに。
最低。
目の前にいる佐倉さんを責める資格なんて無い。
『本当に好かれてるか不安だった』
だってそれは……あたしのセリフ。
好きな人を信じられなかった。あたしも佐倉さんと同じだったんだ。

相沢くんにキスをされて、抵抗できなかったあたしに、佐倉さんを「最低」だと言う権利は無い。
「ごめんなさい……！　朝奈さん……」
泣きながら謝る姿が、あの日の自分と重なる。
好きな人を想って涙を流す姿。
相手が好きで、ただ、それだけだったのに……——。
今のあたしは、要だけを想って泣くことなんかできない。
相沢くんが、心をノックする
気付くと心の中に入ってきて、ざわざわと風が吹いて、乱れる。
クラクラする。体が熱くて、足元がおぼつかない。
「朝奈！」
目の前が、テレビの砂嵐みたいに見えて、微かな意識の中で蓮見くんの声が聞こえた。
あ、心配して来てくれたんだ。
なんだ……、やっぱり蓮見くんって結構いい人だったんだね。
薄れる意識の中で、そんな事をのん気に考えた。
名前を呼ばれたとき、一瞬相沢くんだと思ったのだけど、あたしを名字で呼ぶのは何だか嫌だなぁなんて考えて……。
だから、名前を呼んだ人物が蓮見くんで良かった。……なんて、また最低なことを頭の中に巡らせてしまった。
倒れたはずなのに、体は痛くない。
体が何かに支えられてるのが分かった。
蓮見くん？　違う、佐倉さん……。
薄らと開けた目に飛び込むのは、自分の右手に持ったケータイ。
水色のうさぎのストラップ。

恋のお守り、本当はずっと効いてたんだね。
信じなくてごめんなさい。

だから、罰が当たっちゃったのかな……。

そこで意識は途切れた。

目が覚めると、そこは保健室のベッドの上だった。
窓の外は薄暗くなっていて、倒れてからだいぶ時間が経っていた。
「起きれそうか？」
ベッドのすぐ傍から声が聞こえた。
「要……」
覗き込む顔が、逆光で暗く見える。
目を細めて、柔らかく微笑む顔。
大きな手の平が額に触れるのを感じた。
「熱はもう無いみたいだな」
「うん……」
優しい笑顔に、温かい手のぬくもりに、目の奥がジンと熱くなる。
「ごめんね……」
「何で謝ってんだよ？」
ハハッと軽く要が笑った。
ごめんね……。信じられなくて。本当はずっと同じ気持ちでいたのに。
あたしさえ信じていれば、傍にいられたのに。
「ありがとう」
「お礼を言うなら、佐倉とお前のクラスの男子に言っとけよ。保健室まで運んできてくれたんだから」
「うん……」
要はあたしの頭をクシャクシャと撫で、

「じゃあ帰るぞ」
と、笑った。

ベッドから起き上がり、教室から通学用バッグを取りに行くために保健室を出た。
「俺もついてこうか？」
「大丈夫、バッグ取ってくるだけだから。昇降口で待っててくれる？」
教室までの廊下を歩いていると、自分の教室だけが明かりが灯っていて、廊下まで光が漏《も》れていた。
誰かがまだ教室に残ってるのかな？　邪魔にならないように、バッグを取ったらすぐ出ていこう。
扉を開けると、すぐにひとりの男子の後ろ姿が目に飛び込んだ。
後ろ姿でも、顔を見なくても、誰なのかはすぐに分かった。
あたしがドアを開ける音で、その人物はこちらに目を向けた。
「相沢くん……」
「朝奈……、もう具合大丈夫か？」
『朝奈』。その呼び名に、胸がギュッと苦しくなる。
ふたりきりの時には、いつも『まゆり』だったのに。
名前を呼ばないでと言ったのは、あたし自身。
傷つくなんて、おかしい。
傷つく資格は無い。
「うん……」
「そっか、良かった」
ニコッと微笑む顔に、胸が痛くなるのを感じた。
ドキドキして、心臓が痛い。
ほら、また。
ざわざわ、ざわざわ……風が止まない。

「あ……相沢くんはこんな時間まで何してるの？」
「んー……、お前のこと待ってた」
「え……」
一段と大きく心臓が跳ねる。
心臓が痛い。
何を言っていいのか迷っていると、相沢くんは「プッ！」と吹き出して笑った。
「嘘だよ。そんなに驚かなくたっていいだろ」
「なっ……！」
からかったの⁉
こっちは、一言一言にいちいち過剰反応してるっていうのに。
キッと睨むと、相沢くんはもう一度笑い、
「朝奈は怒ってる顔のほうが似合う」
と、言った。
「……それって、絶対誉めてないよね」
「えー？　これ以上無い誉め言葉だと思うんだけど？」
「どこが！」
「ほら、その顔。朝奈らしい」
あたしらしさっていうのは、怒った顔なわけ？
間違いなく誉め言葉ではないのに、不快感は不思議と無い。
それどころか、相沢くんとまたこんなふうに話ができて、嬉しいとすら思っている。
だけど、もう『まゆり』って呼んでくれないんだね……。
当たり前。だって、「呼ばないで」と言ったのは、他でもなくあたし自身。
「本当はさ、サクラを待ってたんだ」
「佐倉さん？」
その名前に、背中にヒヤッと汗が流れる。

──『洋司くんを返して』
泣きながら投げ掛けられた言葉。
……どうするんだろう。
「俺さ、サクラに言おうと思って」
「なに……を？」
その質問に、相沢くんは真剣な表情を作り、あたしの目を真っすぐ見つめた。
「もう傍にはいられない、って……」
「相沢くん……」
相沢くんの顔を見ながら、脳裏に浮かぶのは佐倉さんの泣き顔。
相沢くんを想って流す涙が、あの日の自分とダブって見えた。
「さ……佐倉さん……、泣いちゃうかもしれないよ……？」
「それでも、しょうがないだろ。元々悪いのはあっちだしな」
こんな時にでも、蘇るのは……
──『松本くんとキスなんてしてない』
「浮気……してないよ……？」
「朝奈？」
「要と佐倉さん、浮気してなかったんだよ……」
相沢くんが「意味が分からない」といった表情でこちらを見た。
ねぇ、相沢くんだったらどうする？
どこかに傾いたと思っていた好きな人の気持ちが、本当はずっと自分だけに向いていたのだと知ったら。
相沢くんならどうする？
あたしは……。
「何が言いたいんだ？」
「佐倉さん……、ずっと相沢くんだけが好きだったの。それでも……」
「それでも別れる」

相沢くんはあたしの声を遮って、迷いの無い真っすぐな言葉をこちらに向けた。
「分かってんの？　俺、好きだって言ったよな？　……お前のこと」
——どくん。
怖いくらいに心臓が高鳴る。手で押さえ付けていないと、飛び出してしまいそうなくらい。
相沢くんが正面から近付いてきて、あたしはその分後ろへ下がった。
トンと、背中に冷たくて硬い壁が当たる。
それ以上下がる場所が無くなっても、相沢くんの体は近付いた。
「サクラが俺だけを好きだと知ったとして、簡単に変わるような気持ちだと思ってたわけ？」
「そんな……こと……」
後ろは壁。逃げれる場所はない。
回路を断たれたあたしに近付くのは、相沢くんの顔。
「だめ……」
今でも鮮明に思い出す。朝のキスを。
頬を包み込む、強引な手の平。唇の感触。ぬくもり。
それは全部、目の前の彼のもの。
ツツ、と指先が首筋を伝う。
「消えたな……。俺のキスマーク」
「……っ」
相沢くんの髪の毛が、首筋に触れる。サラサラしていて、くすぐったい。
——『おまえは俺を好きになるしかないんだ』
そう言って触れた唇。誓いの証。
今はもうその印は無い。

「もう一回……つけてもいい？」
「や……――っ！」
制服の襟を下へずらされ、顔が首と肩の間に埋まった。
柔らかい唇の感触の後に、熱い吐息が触って、チクッとした刺すような痛み。
「んっ……！」
逃げられないように両肩を押さえられ、身動きがとれない。
「や、やだ……相沢く……っ！」
首筋、吸われてるだけなのに……、背筋にピリピリ電気が走ってるみたい。
足の力がどんどん抜けて、感覚が変。
不意に、ポケットの中でケータイの着信音が鳴り響いた。個別指定の着信音。
この音楽であたしを呼び出すのは、要だけ。
電話。要からの着信が……！
「離し……て……」
「出れば？　ケータイ……。松本からなんだろ？」
少しだけ唇を離した相沢くんが、静かに声を出した。
声を発するたびに、吐息が首筋を撫でる。
「離して……」
声が震える。
要からの着信音は止まない。
「ケータイ出ないと、変に思われんじゃねぇの？」
「だ……だって……」
「俺が代わりに出てやろうか？」
「やっ……！」
相沢くんの手が、あたしの制服のポケットへ伸びる。
「だめ！　やだ……っ！」

その手を、自分の手でつかむと、そこでピタッと着信は止んだ。
「冗談だよ……」
フッと軽く息を漏らして、相沢くんが笑った。
右手に、ポイッとケータイが落とされる。
「相沢くん……」
涙目で名前を呼ぶと、真剣な瞳があたしの目を見た。
段々に顔が近付いて……。
キス……されちゃう。
近付く唇に、感じる予感。
なのに、体が動かない。動けない。
頭の中に浮かぶのは、要の言葉。
――『好きだよ。まゆり』
だけど、相沢くんしか見えない。
先程のように、強く肩を掴まれているわけではないのに、あたしの体は動こうとしてくれない。抵抗しようとしてくれない。
唇まであと一センチ。
その距離で、相沢くんは顔を上へ遠ざけ、あたしの額に口づけをした。
目の上でチュッと軽く音が聞こえて、驚いて顔を上げると、そこには泣くのを我慢したような表情があった。
「逃げろよ。……バカ」
無理して笑った顔が、遠ざかる。
痛いくらいに肩を押さえ付けていた大きな手は、嘘みたいにあっさりと解かれた。
相沢くんは自分の制服のポケットから、水色のポーチを取り出し、あたしの手の平に置いた。
相沢くんと佐倉さんのキスを見た日。相沢くんに投げつけた、うさぎの絵柄のポーチ。

恋のお守り……。
「ごめん。……朝奈」
そう言い残して、相沢くんは教室を出ていった。

教室に取り残され、壁に体を預け、しばらく放心状態になる。
キスマークを付けられた首筋が、ジンジン熱い。
口付けられた額には、今でも唇の柔らかい感触が残っている。
どうしてキス……しなかったの？
あのままキスされても、きっとあたしは逃げなかった。
放心状態になりながら、たった今自分が考えた事を改めて思い返す。
涙がジワリと滲んで、顔がかぁっと熱くなった。
口を手の平で隠す。
うそ。やだ……。今……、何考えたの？
まるで、キスしてほしかった……みたいに……。
手の中にあるポーチを、ギュッと握り締め、そっと口元へ触れさせた。
恋のお守り。水色のうさぎ。
このお守りに効き目があるのだとしたら、一体誰に向かっているんだろう……。
ううん、……誰に向かってほしいと、思っているんだろう。

「やっべー！　財布ー！　財布忘れたー！」
呆然としていた耳に、突然飛び込んできた声。
バタバタと廊下を走る音が教室に入ってきて、その人物と目が合ってしまった。
「あっれー、朝奈だ。最近俺たち偶然会いすぎじゃん？　これって運命？　なんちてー」

教室に飛び込んできたのは、蓮見くんだった。
笑いながら冗談めいたセリフを吐き、そのすぐ後にあたしの様子に気が付き、笑顔を真顔に変えた。
「なんだ、また泣いてんの？」
ポン、と広い手が背中に触れた。
「俺が見る朝奈って、怒ってるか泣いてるかのどっちかだよな」
蓮見くんは微笑み、あたしの背中を撫でた。
「また相沢のせい？」
名前を聞いた瞬間、言葉に詰まる。
蓮見くんはその反応の意味を理解したのか、短く息を吐いた後に、
「痛いの痛いの、飛ーんでけー」
と、手の平を上に向け、何かを飛ばす真似をした。
わざと外れた慰め方に、また涙が溢れた。
「ごめん……蓮見くん……」
「何のごめん？」
「佐倉さんとのこと、協力するとか……言ったのに……、自分のことばっかり……」
グスグスと涙を零し、赤い目で見上げる。
「ああ、なんだ、そんなことか。っていうか、相沢と朝奈がくっつけば、傷心の佐倉を俺のものにできるかも……とか考えてるから、慰めてるのかもしんないじゃん？」
俺ってズルい男だし。と、蓮見くんは笑った。
ううん、やっぱりいい人。
冗談を言うふりをして、慰めてくれてる。
「朝奈はどうしたい？　松本と相沢」
「あたしは……」

言い掛けた言葉を遮って、手の中で音楽が鳴り始めた。先程と同じメロディ。

手の平にあるケータイが、要からの着信を知らせた。

そっか、さっき電話に出なかったからだ。

「ごめん……。あたし行くね」

「松本？」

「うん……」

バッグを持って教室を出ようとすると、後ろから腕を掴まれた。

「蓮見くん？」

「どっちも選べないんならさ、俺にしとく？」

「え？」

そう言い放った顔は、真剣な瞳。

「なに言ってんの？　蓮見くんは佐倉さんのこと……」

「うん。でも……朝奈のこと好きになる自信はあるよ」

そう言った後、すぐに腕は放され、

「……なんちゃって」

直ぐ様さっきまでの冗談めいた笑顔に変わった。

「は？」

……なんちゃって？　って事は……。

あたしはキッと睨み、

「蓮見くんの慰め方っておかしい！」

と、叫んだ。

「おー、元気出たじゃん」

蓮見くんはケラケラ笑い、あたしの背中をポンッと押した。

「辛気臭《しんきくさ》ーいツラすんなって。頑張れ」

背中を押した手をヒラヒラと左右に振り、バイバイを意味する仕草に変えた。

「……ありがとう」

笑顔でお礼をし、教室を飛び出した。要の元へ行くために。

まゆりが出ていった後の教室で一人、蓮見は苦笑いで呟いた。
「全部が冗談ってわけじゃ……無かったんだけどな」

「遅れてごめん！」
昇降口で、ケータイを片手に立っている人物に声をかける。
「二回もケータイに出ないから、迎えに行こうかと思ってたぞ」
迎えに来られていたら、相沢くんと一緒にいたところを、見られていたかもしれない……？
肩を掴まれてキスされそうになっていた場面も、抵抗しなかった姿も……。
全部？
「ご……ごめんね。マナーモードにしてたから気付かなくて」
苦しい。嘘をつくのが、苦しくてたまらない。
ごめんなさい。ごめんなさい。ごめんなさい。……要。
ずっと要だけで頭の中をいっぱいにできたら、これほど嬉しい事はなかったのに。
今、あたしの手には、隠すようにして握り締めたポーチ。
相沢くんからの……。

「そういえば、何か話があるって言ってたよね？」
朝届いていたメールを思い出し、問い掛ける。
あのメールを見たときは、あまり良い予感はしなかった。
メールの文章に、心の中を見透かされているような気がした。
「ああ、あれな……」
要は自分のバッグのファスナーを開け、中から紙袋を取り出した。
「はい、誕生日おめでと」
「え……」
「え、って……、今日だろ？　お前の誕生日」
忘れてたのか？　と、要が呆れたように笑った。
――『朝奈さんの誕生日プレゼント選んでるところ見ちゃったの』
涙が目にジワリと滲む。
涙が滲む理由は、プレゼントが嬉しかったからなのか……、それとも、要を信じられなかったことに対する謝罪の意味がこもっていたのか、分からなかった。
それとも、もっと別の……？
紙袋を見ながら、考えるのは相沢くんの顔。
気付かれないよう、腕でグイッと涙を拭い、笑顔を作ってお礼を言う。
「ありがとう。開けてもいい？」
「ああ」
紙袋にしてある封を外し、中にあるリボンがかかった物を取り出す。
「あ、これ……」
それは、真っ赤なハートを持ったうさぎのイラストが刺繍された小さなハンドバッグだった。
片目はウィンク。真っ赤な舌を出した、水色のうさぎ。
「お前、そのうさぎ好きだろ？」
「うん……」
でも、どうして水色のうさぎが？
頭の中にひとつの疑問が浮かぶ。
佐倉さんにプレゼントを選ぶところを見られたのは、もう一ヵ月も前。
要があたしに「ピンクだけじゃなく、水色のうさぎもあったんだ」と、言ったのはつい最近。
一ヵ月前は、あたしがこのうさぎを好きだってことは、知らなかったんじゃないの？
それとも、気付かれたくなくて、わざと好きだってことを知らないふりしたの？
だから、「ピンクのうさぎを持ってるクラスの女の子って誰？」と聞いた時、答えられなかったの？
本当は、ピンクのうさぎを持ってる女子がいるなんて話は、でたらめで言ったことだったから？
あたしは……バカ。
信じていれば、そんなことはすぐに見抜けたはずなのに。
要を好きでいれば、それだけで良かったはずなのに。
「ごめ……っ……かなめ……」
言いたい言葉は『ありがとう』。その一言なのに。
どうして謝罪を口にしているんだろう。
「……何で謝ってんの？」
然程《さほど》驚いた様子もなく、冷静に要は語り掛けた。
「お前が謝ってんのは、俺の他にもいるから……か？」
「っ⁉」
声も出せずに、言われた言葉を信じられず、ゆっくりと要の顔を見た。
薄暗い中で、その顔は泣きそうで、でも微笑んでいる。
「俺が何も知らないと思った？」
「かな……め……」
どくん、どくん、と、心臓の音が凄い。
いつから？　どうして？

……全部、知ってるの？
もしかして佐倉さんに……？
「お前も、俺と佐倉のこと……知ってたんだろ？」
言葉を聞き終った直後。
体がグイッと引力のように吸い寄せられ、要の腕の中にいた。
背中に手が回る。
「ごめんな、俺のせいだな」
「要？」
抱き締められる腕がギュッと強くなる。
要の声は、辛そうで苦しい声。
「不安だったんだろ？　気付かなくてごめん」
耳のすぐ傍から聞こえる声に、涙がボロボロ止まらない。
何で泣いているのか、自分でも分からない。
悲しい？　苦しい？　嬉しい……？
分からない。
「もう絶対不安になんかさせないから……、だから……」
一旦言葉を途切れさせ、また抱き締める腕は強くなった。
「だから、俺を選べ」
要は全て知っているのかもしれない。
相沢くんと佐倉さんのことも。
あたしが相沢くんに、惹かれ始めていることも……。
あたしはゆっくりと要の背中に腕を回し、抱き締めた。
これで、いいんだよね。
あたしの選択は、間違ってなんか……ないよね？

それでも、涙が止まらないのはどうしてなんだろう。

ただのクラスメイト

その日の夜、また熱を出して寝込んでしまった。
咳も出るし、喉も痛い。
今度こそは知恵熱ではなく、本当に風邪を引いてしまったらしい。
せっかく誕生日なのにな……。
「大丈夫？　新しい氷枕……、あら？」
お母さんが部屋を訪ねた頃には、あたしはすっかり眠りに落ちていた。
「まったく。ぬいぐるみと一緒に寝るなんて、小学生みたいなんだから……」
お母さんが寝ている姿を見て、クスクス笑った。
それは、ぬいぐるみを抱き締めて寝ていたからだろう。
水色のうさぎ。
相沢くんがくれた、ぬいぐるみと一緒に……。

結局、三日間も寝込んでしまった。
「んんー……」
朝起きて、ベッドの上で上半身だけを起こし、軽く伸びをする。
ずっと重力に身を預けて寝ていたせいか、体がいつもより重く感じる。
「ほら、熱測ってみなさい」
お母さんから体温計を受け取り、左の脇に挟む。
ピピッと電子音が鳴り、再び体温計を見ると、体温は36度。平熱。
「よし、学校行けるでしょ？」

「えー……」
「えー、じゃないの！　三日も休んだから、そろそろ行かないと」
早く着替えなさい。と、お母さんは部屋を出ていった。
学校……行きたくないなぁ。

ため息をついて、ケータイを見る。
この三日間、要から何度も病状を心配するメールが入っていた。
熱のせいで、ろくに返事は返せなかったけれど。
一番最新のメールに返信を打つ。
『心配かけてごめん！(＞＜;)今日から学校行くね(o＾∇＾o)』
送信ボタンを押し、再び受信メールを何通も見てみる。
寝込んでいた間に届いたメールは、要、和泉、そしてなぜか同じ家にいるはずの妹から。
相沢くんからは……、
「あるわけないか……」
当たり前だよ。だって、突き放したんだもん。
要を選んだあたしが、相沢くんのことを考えるなんて……。
本当に、バカじゃないの。
ベッドの上に乗っている水色のうさぎのぬいぐるみを手に取り、抱き締めた。
要を選んだくせに、相沢くんからのぬいぐるみを抱き締めるなんて、……本当に矛盾している。

ケータイを閉じる。
サブ画面にデジタルの時計が表示され、そのすぐ上には今日の日付と曜日が。

今日は木曜日。

「行ってきまーす！」
三日ぶりに自分の足で家の外に出る。
太陽がキラキラしていて、眩しい。
額の上に手をかざし、太陽の光を遮った。
玄関を出ると、すぐそこには待ち構えていたように、ひとり。
「もう大丈夫なのか？」
「要……、迎えに来てくれたの？」
「病み上がりだから心配だろ？」
軽く笑って、要は右手を差し出した。
少し戸惑い、その手にそっと左手で触れる。
手を繋ぐなんて、こんなこといつもしていることなのに。
何でこんなに緊張するんだろう。
緊張？　違う。これは、罪悪感。
……何に対して？
誰に対して？
繋いだ手が温かくて、体が強ばる。
おかしいよ。何？　この気持ち……。

学校が近付くと、周りに登校する生徒が次第に増えてきた。
「おっ、あーさなっ！　はよーっ！　風邪治ったー？」
横から名前を呼ぶ声が聞こえて、声がした方向を向くと、蓮見くんがいた。
「蓮見くん……」
蓮見くんの顔を見たら、なぜかホッとした。
ふたりきりが気まずいと思っていたから、余計に。
恋人といて気まずい、なんて……。おかしい。

「何かラブラブじゃん？　邪魔者《じゃまもの》は退散するッスー」
ニヤニヤ笑い、蓮見くんはあたしの肩をポンッと叩いて去っていった。
何気ない行為だったけど、「頑張れ」って……言ってくれたような気がした。
「え、誰？　今の」
嵐みたいに、来てすぐに去っていく蓮見くんを見て、要がポカーンと顔を固めた。
「あ、友達……かな？」
「かな？……って」
要が呆れた顔をする。
友達っていうか、佐倉さんのことを協力する……はずだったんだけど。
佐倉さん……。
そういえば、相沢くんはどうしたんだろう。佐倉さんとのこと。あたしが休んでいる間に。
気になる、けど……。
要の顔をチラッと盗み見る。
気になるけど……、要には聞けないよね。
「まゆり？　どうした？」
「あ、ううん。何でもないの」
あたしの視線に気付き、要が問い掛ける。
それに、少し苦笑いで答えた。
パッと目を逸らすと、ちょうどそこにいた男子と目が合ってしまった。
そこにいたのは、相沢くん。
少し前を歩いていた彼は、立ち止まってこちらを見ていた。
――どくん。

心臓が痛い。
要からはあんなにあっさりと目を逸らせたのに、相沢くんからは目が離せない。
繋ぐ手から、無意識に力が抜ける。
それを感じ取ったのか、反対に要は握る手をギュッと強くした。
「……どこ見てんの？」
頬に大きな手が触れ、要の方に顔をグイッと向かされる。
「あっ、ごめん……」
要が隣にいるのに、相沢くんを見てしまうなんて。
最低。
こんなの駄目だよ。
再び前を見ると、相沢くんはもう歩きだしていた。
何だ。もうこっち見てないや……。
言われたばかりなのに、あたしはまた目で追ってしまった。
だから、そんなあたしを見る要の視線には気付かなかった。

学校に着き、要と一緒に教室までの廊下を歩いていると、数名の男子がひとりの女子を囲んでいる姿が見えた。
その中心にいる人物は、佐倉さん。
会話を聞こうと思ったわけでもないのに、勝手に耳に声が飛び込んでくる。
「桜花ちゃんさ、彼氏と別れたんなら俺と付き合わない？」
「こいつより俺の方がいいって！」
男子が笑いながら話すのに対して、佐倉さんは少し困り顔。
彼氏と別れた？
それってつまり、相沢くんのこと……。
──『洋司くんを返して』
そう言った時の泣き顔が思い出された。

「ごめんなさい。誰とも付き合う気はないんです」
佐倉さんが申し訳なさそうに謝った。
誰とも付き合う気はない。
つまり、まだ相沢くんを……。
歩く速度を緩めるあたしに、要が声をかけた。
「気になる？」
「えっ？　……別に……」
「本当に？」
突き刺すような視線に、一瞬言葉につまる。
喉から声を絞りだし、精一杯の笑顔で答えた。
「ほんと……だよ」
要は微笑み、あたしの頭にポンッと手を置いた。
「分かった。信じるからな」
触れられた手に、体が変に緊張する。
『信じる』。その言葉が、縛り付けるみたいに。
ただ、胸に広がるのは罪悪感。
「あのね……」
「ん？」
一歩離れたところから、呼び掛けると、笑った顔で反応が返ってきた。
その顔を見たら、何だか何も言えなくなってしまい、
「ううん、何でもない……」
と、口をつぐんだ。
あたし……、今何を言おうとしたんだろう。

教室に入ると、すでに相沢くんは登校していて、自分の席に着いていた。
ドキドキうるさい心臓を押さえ、深呼吸をする。

自分の席にバッグを置き、いつも通りを装って、声をかける。
「お……おはようっ！」
「ん？　ああ、おはよ。今日は遅刻しなかったんだな？」
勇気を出して、わざと明るい声で挨拶をすると、いつものようにからかい混じりの挨拶が返ってきた。
「そんなに何度も遅刻しません！」
「どうだか？」
良かった。
笑ってる。笑えてる。
前と同じ、相沢くん。
それだけなのに、凄く嬉しく感じる。
「風邪もう治った？」
「うん！　すっかり良くなったよ」
「風邪菌と一緒に、頭もパーになって飛んでっちゃったりしてねぇ？」
「してないっつーの！」
嬉しい。こんなふうにまた話せるなんて。
普通の友達みたいに。
ただのクラスメイトみたいに。
……ただの？
「何？　どうかした？」
「えっ？　あ……全然何も……」
突然ピタッと表情を固めるあたしに、相沢くんが不思議そうに問い掛けた。
何だろう。
胸がチクチク……した。
友達。ただのクラスメイト。
そう思った途端に。モヤモヤする感じ。

「まあ、朝奈が変なのは今に始まったことじゃないしな」
——ずきん。
「なっ……なにそれー！」
相沢くんが笑う。あたしも笑う。
なのに、チクチクする。

『ただのクラスメイト』に、名字で呼ばれただけなのに。

落ち着かない。いつもと違う。
「あ、そうだ、朝奈もポッキー食う？」
相沢くんが机の中から、開封済みのポッキーの箱を取り出した。
「うん……。ありがとう」
朝奈なんて、呼ばないで。
それはあたしの名前じゃない。
あたしは、まゆり。
知ってるくせに。
……チクチクする。
針で何度も刺されてるみたいに、胸が痛い。
相沢くんはいつもと同じ。変なのはあたし。
ただのクラスメイト相手に、こんなことを考えているなんて。

モヤモヤした気分で、ポッキーを一口、パキッと口元で割る。
黒板を見てみると、白いチョークで書かれた日付と曜日の下に、
あたしと相沢くんの名前が揃って並んでいた。
それは、あたしたちが今日の日直であることを示していた。
「あれ？　あたしたち……日直なの？」
「あー、そうそう、ちゃんと黒板消しとかしろよー？　前、俺に全部押しつけたことあっただろ？」

「それはちゃんと分かってる……けど」
黒板消しとか、授業の最初と終わりの号令とか、それは日直の仕事だからちゃんとやるし、分かってるんだけど……。
一日の終わりに書く日誌。
普通なら、日直同士が話し合いながら書くもの。
ふたりで？
心臓が騒ぐ。
ただのクラスメイト相手に、動揺しているあたしはやっぱりおかしい。

黒板に書かれた今日の曜日は、木曜。
先週は、相沢くんとふたりで夜を過ごしていた。
蓮見くんにばれたあの日。その日から、ちょうど一週間。
今日は……今日からは、誰にも内緒で木曜を過ごす事なんかないんだよね。
当たり前。ちゃんと分かってる。
分かってるよ……。

その日の最初の授業が終り、黒板に書かれた文字を消すために黒板消しを手に取る。
同じタイミングで、相沢くんも黒板消しに触ろうと手を伸ばした。
「あっ！」
思わず声を上げてしまったのは、あたし。
手が触れ、反射的に手を離してしまった。
黒板消しがゴトンと音を立てて床に落ち、その部分に白い粉が飛び散った。
相沢くんがキョトンとした顔でこちらを見ている。

「ご、ごめん……」
何に対しての謝罪なのか、自分でもよく分からないけれど、つい謝ってしまう。
相沢くんはニコッと笑い、
「何？　意識しちゃってんの？　朝奈のスケベー」
と、からかいながら床に落ちた黒板消しを拾った。
「だっ！　誰がスケベだ！」
相沢くんは笑いながら、あっさりとした様子で黒板を消し始めた。
あたしも、もうひとつの黒板消しを手に取り、反対側から消し始める。
意識なんて……するよ。するに決まってる。
いつもと同じ調子でいるあなたの方が信じられない。
あたしだけドキドキしてる。意識してる。
相沢くんにとっては、もう終ったことなのかな……。
意識してよ。気にしてよ。
あのキスを、無かったことにしないで。

「で？　どうよ？」
昼休み、いつものごとくあたしの椅子にピッタリとくっついてパンを頬張《ほおば》る蓮見くんが、突然意味不明な問い掛けを始めた。
「どうよ、って？」
この三文字からでは、何が言いたいのかさっぱり伝わってこない。
ていうか、何でいつも昼休みはここに来るんだろう。
一緒にお弁当を食べている友達も、蓮見くんの存在にすっかり慣れてしまったみたい。
蓮見くんは、あたしだけに聞こえるように耳打ちをして囁いた。

「俺が朝奈に聞くことっていったら、一個しかないだろ？　相沢とその後。どうよ？」
『相沢』。この名前が出た瞬間、飲んでいたジュースをブッと吹き出してしまった。
「ちょ、ちょっとこっち！」

腕を掴み、廊下に連れ出すために、ドアのあるところまで急ぐ。
その時、相沢くんと目が合った。
また……目が合った。
やっぱり、あたしが見すぎなのかな。気にしすぎなのかな。
目が合うってことは、あっちも少しは意識してるの？
自分の想像に、一瞬顔が熱くなる。
そこで思い直して首を左右にプルプル振った。
意識なんか、してくれてるわけない。
朝の態度とか、すっごく普通だったもん。
きっと気にしすぎなのはあたしだけ。
気にしすぎてるから、自分に都合のいい想像をしてるんだ。
相沢くんはもう、あたしのことなんて……。

顔を真っ赤にさせたり、下を向いてため息をつくあたしを、蓮見くんは不思議そうな顔で見ていた。

「へぇー、良かったじゃん」
「へ？」
蓮見くんに、相沢くんの態度が普通すぎる。と、話をすると、予想外の返答があった。
その言葉に、つい気の抜けた声が出る。
「だって選んだんだろ？　松本を」

「う……ん」
「じゃあ良かったじゃん。朝奈は松本と付き合ってて、相沢はただの同じクラスの男子。ほら、今まで通り」
「これが何か変？」と、蓮見くんが首を傾げた。
「変じゃ……ない」
彼氏は要。相沢くんは、隣の席の男子。
今までもそうだった。
要と佐倉さんが浮気している、と勘違いしていた時だって、その前だって、今だって。
相沢くんはクラスメイト。ただのクラスメイト。
その事実に変わりはない。
「それとも、嫌なわけ？　相沢にただの友達だと思われるのが」
「え……？」
嫌なわけがない。
だって、秘密の共犯者じゃなく、普通の友達同士だったら、なんて楽しいんだろうと何度も思っていた。
それが、叶った今。何を不満に思うことがあるの？
相沢くんは友達。
クラスメイト。
隣の席の男子。
あたしを名前で呼んだりしない。
無理矢理キスしたりしない。
好き、なんて……言わない。
ただのクラスメイト。

「嫌……かも……」
口から滑り落ちた言葉に、少し驚いた顔で蓮見くんがこちらを見た。
「相沢くんが友達なんて、嫌かも……しれない」
「それって……」
蓮見くんは何かを言い掛けて、直前で自分の手で口を塞いだ。
そして、あたしの頭にポンッと手を置き、笑った。
「だったら、ちゃんと向き合ってみたら？」
「向き合う……？」
「なんて言うかさー、今の朝奈は、こんな感じ？」
蓮見くんは、自分の両目を手で覆《おお》ってみせた。
目隠しをするみたいに。
目隠し？　何に？　自分の気持ちに……？
「見えないふりすんなってことかな」
見えないふり、してるの？
何に？　なんて、聞く気にはなれなかった。
それはきっと、相沢くんへの気持ち。
ただのクラスメイトとして接されるのが嫌なのは、そのせい？
ギュッと目を瞑り、視界を真っ暗にさせる。
見えないふりなんて……してるかな。
だって、目を閉じても、すぐそこに思い浮かぶのに……。
相沢くんの顔。
見えないふりしようとしても、見えるのに。

いつも考えてる。
ただのクラスメイトの、彼のことを。

「は……蓮見くんは？」
「俺？」
照れ隠しで、無理矢理に話題を変えてみる。

「佐倉さんのこと。……聞いたんでしょ？」
「うん、聞いた」
ため息をつき、蓮見くんは頭をポリポリと掻いた。
別れさせるのに協力してって言った割りには……あまり嬉しそうじゃないみたい。
「どうしたの？」
「いや、なんかさ……、別れてほしいとは思ってたんだけど、あんな顔見ちゃったらなぁ……」
答える表情は、苦笑い。
佐倉さんに同情する気なんて無い。
自分でまいた種なんだから。
だけど……
――『洋司くんを返して』
気持ちは、痛いくらいに分かるから……。
あたしも同じだったんだもん。
「じゃあ、蓮見くんが元気にしてあげるとかは？」
「は、俺？」
気持ちは分かるから。
だから、佐倉さんの傍にいてくれる人が、蓮見くんみたいな人ならいいな……なんて、思った。
「俺かー……、つか、俺ぇ？」
蓮見くんは困った顔で顎に手を当てた。
頬は微かに桜色に染まっている。
あたしにはあんなに悠々と諭すくせに、自分のことになると途端に自信が無くなってしまうらしい。
「そう言うからには、俺が頑張ったら朝奈もな？」
「あたし？」
「俺だけじゃ不公平だろー。お前も自分の気持ちハッキリとさせんだよ」
じゃなきゃ、俺もやんねぇし。と、腰に手をあてた。
はっきり……してないかな？
要を選んだのに。
要を選んで、相沢くんはただのクラスメイト……。
クラスメイト？
本当に？

「痛っ⁉」
ピシッと、額に痛みが走る。
蓮見くんに平手で叩かれた。
「な？」
怒った表情の蓮見くんを見たら、先程までの自分の考えがスッと無くなった気がした。
「うん……」
本当は分かってた。あたしはまだ、何も選んではいない。
目隠ししてる。
うん。本当に……その通り。
あたしは、要を選んだわけじゃない。
ただ、相沢くんを見ないふりしただけ。
「うん、頑張る……」
「よし」
「蓮見くんも」
「あ、はい……」
途端に弱気な返事を返す蓮見くんに、フッと吹き出してしまう。

「あっ、まゆりぃー。さっき担任が呼んでたよ」
廊下の向こうから、同じクラスの女の子に呼ばれた。

「本当？　今行くね」
「朝奈」
職員室へ行こうと足を進めると、背中から呼び止める声が聞こえた。
「何？」
「俺、お前のことも結構好き」
ニッコリと笑う顔と明るい声に、少しだけ顔が熱くなったけど、すぐに勇気づけるための言葉だと気付き、笑い返した。
「ありがと」
一言お礼を言い、足早に職員室までの廊下を走る。

「だから、別に冗談ってわけでもないんだけどな……」
背中を見送りながら、蓮見は軽く笑いながら呟いた。

「先生、来ましたけど」
職員室へ行き、担任の男性教師の席まで行った。
「お、来たか。あれ？　相沢は？」
「え、相沢くん……も、呼んだの？」
「今日の日直ふたり呼んでこいって言ったのになぁ」
先生が困った表情を見せた時。
職員室の扉が開き、そこから顔を見せたのは……
「何だ、来たじゃないか」
先生の声で、振り向かなくても誰がいるのかすぐ分かった。
「先生ー！　なんか、俺らが日直の時ばっかり仕事押しつけてねぇ？」
「そうかぁ？　お前の気のせいだろ」
「気のせいじゃねぇって！　なあ、朝奈」
先生に話し掛けていたはずの相沢くんが、いきなりあたしに相づちを求めた。
「えっ？　あ、うん……」
突然のことに、思わず肯定を意味する返事を返してしまう。
「ほら、朝奈だってそう言ってんじゃん」
「まぁ、いいじゃないか。運が無かったってことで、な？」
相沢くんと先生が笑い合う。
その光景を、あたしはひとりポカーンと眺めた。
本当に普通すぎる。
やっぱりもう、あたしのことなんて……？
そう思ったとたんに、胸がギュッと痛くなった。
そうだよね。
突き放したんだもん、あたしが。
後悔なんてしないと思っていた。
要を選ぶのが正解だと思っていた。
なのに、目で追ってる。
意識しないように。見ないように。
そう思う自分は確かにいるのに、無意識に相沢くんばっかり見ている。
やっぱり、あたしはまだ何も選んでない。
目隠しするのをやめなきゃいけない。
ちゃんと、向き合わなきゃ。

「じゃあ、ふたりでこれ教室まで運んどいて」
先生が、机の上にノートを積み上げた。
これは、先週クラスの皆が提出したもの。
三冊ずつ提出したため、その量はかなりのものだった。
ノートの山は、均等にふたつに分けられている。
そのうち、ひとつのノートの山を持つと、相沢くんは何も言わずその半分を自分のノートの上へ乗せた。
「あ……ありがとう……」
その優しさに戸惑いながらもお礼を言うと、ニコッと柔らかな笑顔が返ってきた。
胸の音、速い。
あたし、相沢くんの傍にいるだけで、いつもドキドキしてる。
心臓……もちそうにない。
何だろう、これ……。
手を伸ばせば、すぐ触れそうな距離にいることが、もどかしい。
今、手を伸ばしたら……どうなるんだろう。
……なんて、考えてしまう。

職員室を出て、ふたりでノートを両手に抱えて廊下を歩く。
「重くない？」
あたしの分までノートを持つ相沢くんに問い掛ける。
顔が隠れそうなくらいに積み上げられたノートの山。
そのせいで、歩きにくそうに見える。
「あー、すっげ重い。超骨折れそう」
「えっ！　じゃあこっちの上に置いてよ！」
慌ててノートを受け取ろうとすると、間髪入れず、「ブッ！」と吹き出す声が聞こえた。
「嘘だって。朝奈って騙されやすいって言われない？」
「なっ、何それー！」
もう先に行く！　と、あたしがスタスタと早歩きを始めると、背中から付いてくる足音が届いた。
「ごめんごめんって！」
ハハッと、笑い声が後ろから聞こえた。
先を歩いて良かった……。

あたしの顔、「朝奈」って名字で呼ばれたことに、泣きそうな顔……してるから。

ちょうど一週間前にも、同じような状況で会話を交わした気がする。
木曜の夜。
ラーメン屋からの帰り道に、あたしが怒って前をスタスタ歩いて。
相沢くんが笑って名前を呼びながら、後ろを付いてきた。
あれから一週間。
たった一週間。
なのに、あの日のように彼はあたしの名前を呼ばない。
──『ごめんって！　なぁ、まゆり！』
違うのは、呼び名だけじゃない。
あたしの、気持ち……。
ただの友達同士なら楽しかったのに。と、思っていたあたしの気持ち。
今はもう、ただの友達なんて嫌だ。
単なるクラスメイトだなんて、やだ。

そして、放課後。
「ばいばーい」
「ねえ、帰りにアイス食べてかない？」
「今日って部活あったっけー？」
次々と交わされる帰宅の挨拶の中、あたしは机に座って、日直が書く事になっている日誌を広げた。
『本日の日直』と印刷されてある字の下に、自分と相沢くんの名前を書く。

相沢洋司／朝奈まゆり
隣同士に自分の丸い文字で書いた名前が、何だかくすぐったく感じる。
相沢くんの名前の上から、そっと指先で撫でた。
相沢洋司。
……洋司。
「日誌書けた？」
心の中で名前を反芻《はんすう》させているところに、突如頭上から声が降り注いだ。
ビックリしすぎて、肩が跳ね上がってしまった。
「あ、ごめん……まだ……」
まだ名前しか書いてません……。
「なんだ、まだ全然書いてなかったんじゃん」
「先に帰っても大丈夫だよ？　書いたら提出してくし……」
すると、相沢くんはあたしに向き合うように机の前に中腰で立ち、日誌を覗き込んだ。
「何言ってんだよ。ふたりでやった方が早く終わるって。俺も一緒にいるよ」
柔らかく笑う顔から、咄嗟《とっさ》に目を逸らす。
ドキドキ……する。
何でもない会話に、胸が騒ぐ。
「うん……」
早く終わらせなくたっていい。
だけど、傍にいてほしい。
どうしてこんな事を思ってしまうんだろう。
今日が木曜日……だからかな。
今日からは、ふたりで夜に会うなんて、無いんだよね。
だってもう会う理由が無い。

お互いの恋人の浮気は、誤解だったのだから。

「じゃあ、一時間目の授業から読んでくからな」
「うん……」
相沢くんは、時間割りの書かれた紙を取り出した。
その声に合わせて、日誌に今日の授業を一時間目から、六時間目までを書き記していく。
教室からひとり、またひとり、と、人があっという間に減っていき、教室にふたりだけが残された。

「……で、六時間目が現国。はい終わり」
日誌の六時間目の欄に、『現代国語』と書くと、相沢くんは立ち上がった。
帰る準備をするために、自分の机に向かおうとする相沢くんの服を咄嗟に掴み、思わず引き止めてしまう。
「朝奈？」
「っ！」
自分の行動に気付き、慌てて手を放す。
引き止めてしまった言い訳を急いで考えなくちゃ。と、焦る。
「あっ……、えーと、あっ、そうだ！　まだ日誌書き終わってないよ！」
「どこ？」
「こ、これ！　ここ！」
どこ？　と聞かれ、パッと目に入った空欄部分を指差す。
『今日の出来事』と印刷されてある欄。
「あー、今日の出来事ね。そんなの、いつもみたいに『何事もありませんでした』とかで、いいんじゃね？」
ここの欄には、皆考えるのが面倒くさいのか、どの日のページをめくっても、『平和な一日でした』や、『特に事件はありません』など、適当に書かれた一行文のみが多い。
「駄目だよ！　今日の出来事なんだから！　今日の出来事書かなきゃ！」
あれ？　何で、こんなに必死に引き止めてるの？
ふたりきりなんて、ただ気まずいだけなのに。
「朝奈って、そんなに真面目だったっけ？」
相沢くんが不思議そうに目を丸くさせた。
「い、いいから！　ちゃんと考えてよ！　終わるまで……帰さないから」
最後の言葉に、唇が震えた。
終わるまで帰さない。
だったらずっと、終わらなければいい。
そんな考えが、一瞬頭を過ってしまったから……。
傍にいると気まずいのに、離れられると引き止めたくなる。
何で、こんな……。
「はいはい。じゃあ一緒に考えるから、早く終わらせて帰ろうな」
――ズキン。
「うん……」
早く終わらせる。
それは、あたしの傍にいたくないから？
嫌な考えばかりが頭を巡る。
相沢くんの一言が、意味も分からず痛い。
「松本のことも待たせてるんだろ。じゃあ早くしないとな？」
「え……」
あっさりと言われ、頭が熱くなる。
いいの？　これが終わったら、あたしは要のところに行くんだよ？
要と並んで歩くんだよ？
もう本当に、あたしのこと……好きじゃなくなっちゃった？
日誌の上に、ポタポタと雫が落ちる。
「朝奈……？　何で泣い……」
戸惑う声が、すぐ傍から聞こえる。
「なんで……っ、そんなに普通でいれるの……？」
「……朝奈」
「好きだって言ったじゃない！」
痛い。痛い。痛いよ……。
相沢くん助けて。
「要のところに行っちゃってもいいの……っ？」
立ち上がると、ガタンッと音を立てて椅子が床に倒れた。
自分でも、言っている意味が分からない。
頭の中がぐちゃぐちゃで、整理できない。
涙が次から次へと溢れて、止まらない。
息をするのも、声を出すのも辛いくらい。
「好きじゃないならそう言ってよぉ……っ！　ただの友達なんてやだぁ！」
何言ってるんだろう。
頭が熱くて、よく分からない。
めちゃくちゃに紡ぎだされる言葉が、滑り落ちて止まらない。
子供みたいに大声で泣くあたしの耳に、静かに低い声が届いた。
「平気に……見える？」
その声に、一瞬涙が止まる。
そして、もう一度低い声が呟いた。
「本当に？　これが、普通に見えんのかよ……」
うつむいた顔が、こちらに向けられる。

泣きそうで、無理に笑った表情。
涙がこぼれそうなのを、必死で我慢している顔。
あたしは、相沢くんのこの顔を知っている。
ふたりで会った、最初の木曜日。
元気に振る舞っていた姿とは裏腹に、佐倉さんを想って泣いていた彼の姿を。
……知っていたはずだった。
自分は辛いくせに、心配をかけたくなくて無理に明るく振る舞う姿を。
楽しそうにしていても、心の中では泣いている彼の姿を。
笑顔は作り物。
からかう態度は、ただの空元気。
全部知ってたのに。
「だって、好きだって言っても離れてくんだろ？」
「相沢くん……」
「好きだって言ったら、困るんだろ？」
肩を正面から掴まれ、驚きで声も出せない。
「何で泣くんだよ……」
ポロポロと涙が止まらないあたしを目の前にして、相沢くんの方こそ泣きそうな顔をしている。
「泣くなよ……」
肩を掴む手が、強くなるのを感じた。

「抱き締めたくなる」

「——……っ！」
肩がグイッと前に引き寄せられたかと思うと、気が付いたら目の前には真っ白な布。

制服のシャツの色。
抱き締められているわけじゃない。
ただ、体を引き寄せられただけ。
肩に手が触れているだけ。
だから、逃げようと思えばいつでも逃げられる。
手を前に突き出すだけで、いつでも離れられる。
頭では理解しているのに……。

涙はまだ止まらない。
悲しいから？
そうじゃない。
すぐ傍に彼がいるのが、嬉しいから。
「朝奈……？」
相沢くんの体がピクッと反応するのを、全身で感じ取る。
とくん、とくん。
聞こえるのはふたり分の鼓動。
肩から手はすでに離れてしまったのに、鼓動を近くに感じるのは、あたしが相沢くんを抱き締めているから。
肩から離れていた手が、再び触れた。
震えていて、でも先ほどよりも強い力で。
「同情しなくていいよ」
肩を強い力で押され、あっという間にお互いの体が離れた。
「あいざわ……くん？」
「抱き締めたりすんなよ。諦められなくなるんだから」
うつむいていても、彼の表情が分かる。
声が震えているから。
きっと、あの日の木曜日と同じ顔をしている。
「その気もないのに、こんなことされちゃ困るんだよ」

「違……っ！」
「あの日の前まで戻ろう」
「え……？」
「全部無かったことにするんだ」
うつむいていた顔が、こちらを見た。
口元は笑っていたように感じる。
表情はよく見えなかった。
涙で滲《にじ》んで、蜃気楼のようにぼやけて見える。
無かったことに？　全部？
木曜日にふたりで会ったことも、「好きだ」って言われたことも、まゆりって、名前で呼んでくれたことも……。
全部？
「や……やだ……」
「もういいよ。俺はちゃんとお前のことを諦めるから」
「そうじゃな……」
言い掛けた時。
制服のポケットの中から音楽が鳴り始めた。
ケータイの着信音。
要が呼び出すことを示す、指定の音楽。
「松本だろ？　早く行けよ」
「相沢くん……」
「日誌は俺が提出しておくから」
ほら。と、肩を押される。
違う。そうじゃない。
行きたくない。
傍にいたい。
あたしが隣にいたいのは、要じゃない。
声を出したいのに、口から言葉が出ない。

引き止めたいのに、離れていく。
相沢くんはもうあたしを見ない。
背中を向けて、教室のドアに手を掛けた。
待って……！
声が出ない。
傍にいたい。
離れたくない。
ただのクラスメイトなんてやだ。
無かったことになんて、したくない。
どうしよう。

あたし……相沢くんが好きなんだ……。

教室のドアが音を立てて閉まった。
ポケットで鳴り響く音楽は止まらない。

好きな人

「まゆり？　あ、いるじゃん」
相沢くんが出ていったドアが再び開いた。
そこから顔を出すのは要。
「ケータイ鳴らしたのに、気付かなかったか？」
「要……」
着信に応えないあたしに業《ごう》を煮やしたのか、要は教室まで直接迎えに来た。
「日直終わったんだろ？　早く帰……」
「帰れない……」
「え？」
「もう要とは一緒にいられない」
「何言って……」
泣いてはいけないのに。
泣いている場合じゃないのに。
涙が溢れる。
だけど、伝えなくちゃいけない。
気付いてしまった気持ちの正体を。

もう誤魔化《ごまか》すことはできない。

足が震える。
声が擦《かす》れて、上手く話せない。
それでも、伝えなくちゃ。
「ごめんなさい……。あたし……もう……っ」
「まゆり」

要が肩を掴んだ。
相沢くんが触れた場所。
相沢くんに触れられたときよりも、緊張する。
「言ったよな？　俺を選ぶって」
「ごめ……なさ……っ！」
下を向いて、目の上から手で覆うあたしの顔が、自分の意志とは関係なく上を向いた。
大きな手が顎に触れていて、要の表情が一番近くに見える場所に。
「か……要……」
「俺から離れていくなんて許さない」
怒った表情が近付いて、視界が一瞬で暗くなる。
「——っや……！」
近付く唇に、反射的に手が前に出た。
あたしは要の体を押し退けていた。

こんな時にでも思い出すのは、相沢くんのキス。
強引に掴む腕に身動きがとれなくて、でも抵抗しなかった。
きっともう、あの時から要から目を逸らしていた。
ううん、もしかして、もっと前から……。

「何でだよ……」
要が怒った表情のまま呟く。
「まゆりは俺のことが好きだったんじゃないのかよ！」
「好きだったよ！　ずっと好きだったもん！」
怒鳴られる声に、思わずあたしも声を張り上げてしまう。
泣いているせいで声はところどころ擦れ、上手く言葉は伝わらなかったかもしれない。

だけど、ちゃんと伝えなきゃ。
もう逃げるのはやめるの。
自分の気持ちと向き合うって、約束したの。

「あたしだって……ずっと要だけを好きでいられると思ってた……」
佐倉さんとふたりきりでいる姿を見たときも。
要が浮気したと思った時も。
相沢くんと木曜日に会っているときも。
ずっとずっと、要だけを好きでいられるはずだった。
好きでいたかった。
それなのに……
「じゃあ何で……」
「ごめんなさい……。あたし……相沢くんのことが……っ」
相沢くんが心のドアをノックして、扉を開けてしまったら最後、風が吹き抜けて乱していく。
いつからなんて、そんなの今はもう分からない。
だって、気付いたらいつも目で追っていた。
笑ってほしい。
名前を呼んでほしい。

そう思ったときから、きっともう手遅れだった。
そう思ったときから、この想いは恋だった。

要は黙り込み、あたしから一歩距離をとった。
「なぁ、聞いていいか？」
もう怒った表情ではなかった。
静かに問い掛ける声。

「俺が佐倉に協力なんかしなかったら、お前はずっと俺を好きでいたか？」
あの日の教室でふたりの姿を見なければ、あたし達は共犯者になることは無かったのだろう。
相沢くんとふたりきりでいる時間も、無かったはずだった。
好きだと言われることも、名前で呼ばれることも、キスをされることだって、きっと無かった。
ただ、たまに日直を一緒にやって、他愛もない話をして、また次の日まで言葉を交わすこともない。
そんなふうに過ぎ去っていったんだろう。
今までと同じように。
だけど……。
「ううん……。それでもあたしは相沢くんを好きになる……」
名前を呼ばれなくても、好きだと言われなくても、ふたりきりの木曜日を過ごさなくても。
自分でも気付かないうちに、目で追っていたんだろう。
相沢くんがあたしを好きにならなくても、あたしは相沢くんに視線を奪われて、きっと隣にいる佐倉さんを羨《うらや》んだりするの。
どんな道を選んでも、結末は同じ。
それが今より早いのか、遅いか、それは分からないけれど……。

必ず彼を好きになる。

「ごめんなさい……」
「やめろよ……。俺はお前のそんな顔が見たいんじゃない……」
うつむき、もう一度顔を上げて要は話した。
「このまま付き合い続けて、俺をもう一度好きになる可能性は……どれくらいある？」
真っすぐな瞳。
髪の毛の色と同じ、綺麗な茶色。
そこから一度床へ視線を逸らし、もう一度要を見た。
「ごめん……」
このまま要と一緒にいても、いつも相沢くんを目で探して、想い続ける。
そんなの、あたしも要もただ悲しいだけ。
「そっか……」
要は悲しそうに笑った。
きっとそれは、今の要ができる精一杯の笑顔。
「じゃあもう行けよ……。好きなんだろ？　あいつならさっき職員室にいたから」
「要……」
「言っとくけど、認めたわけじゃないから。いつかまた、まゆりは俺を好きになるよ」
強がりなのか本音なのか、あたしにはもう分からない。
「俺に奪われたくなかったら、せいぜい今のうちに仲良くしとけば？」
「……ありがとう……」
トン、と背中を押される。
黒い腕時計が巻き付けられた手で。
好きだったんだよ。要。
その腕時計の付いた手で頭を撫でてくれたから、あたしの恋は始まったの。
大好き。大好き。
きっと、ずっと、一生大好きです。
勝手に誤解して、離れていってごめんなさい。

要が笑っていてくれるのなら、傍にいるのがあたしじゃなくても、素直に嬉しいと思える。
一番幸せになってほしい人。
しばらくは、黒い腕時計を想って寂しくなるかもしれないけど、許してくれるかな……。
最後までわがまま。
あたしは要の人生の中で、一番のダメな彼女。
ごめんなさい。
ありがとう。

……嫌いになってもいいよ。

大好きでした。

職員室までの廊下を走っていき、その時ちょうど扉から出てくる男子の姿が目に入った。
遠目でも分かる。
あの姿を見間違えたりしない。
走っていた足を緩める。
こちらに向けられているのは後ろ姿で、相沢くんもあたしの姿には気が付いていない。
相沢くんの姿は職員室から離れ、少しずつ廊下の向こう側まで小さくなっていった。
どこかに行っちゃう……！
そう感じた瞬間、頭で考えるよりも先に、足が前へ進み出していた。
自分に近付く足音に気付いたのか、相沢くんが後ろを振り向いた。

「え……、あさ……っ」
あたしの姿を目で捕らえ、名前を発したと同時に、相沢くんの背中に抱きついた。
逃げられないように、離れられないように、背中からギュッと強く抱き締める。
背中から聞こえるのは、彼の鼓動。
とくん、とくん。
普通の状態の心音より、大分速く奏でているのが分かる。
だけど、あたしの心臓も同じくらい速く動くから、この鼓動がどちらのものなのか分からない。
とくん、とくん。

やっぱり、あたしと相沢くんの鼓動はよく似ている。

「なん……っ？　……どうして……、お前……、松本は？」
その問い掛けに、抱きつく腕をきつくして答えた。
「別れてきちゃった……」
先ほどの要の顔を思い出し、自分の意志とは関係なく目に涙が滲んでしまう。
「だって……なんで……」
動揺している声が、頭の中に響く。
「じゃあ何で……俺のところに？」
声は震えていた。
どんな表情をしているのかは分からなかった。
ただ、抱き締める腕を振りほどかれなくて良かった。と、見当違いなことを考えた。
「キスマーク、消えちゃったの」
「え……？」

「相沢くんを好きになる誓いの印。もう一回付けてくれる？」
相沢くんの体の前に回した手に、熱が点《とも》る。
大きな手の平が、あたしの手の上に重なっていた。
軽く笑う声が聞こえた後に、先程とは違う声のトーンで相沢くんは話した。
いつもの、明るくてからかうような声。
大好きな声。
「何？　お前、俺のこと好きになりたいの？」
いつもと同じ、意地悪な口調。
冗談を言うときの彼の声。
だけどもう、それは悲しさを隠すためのものじゃないよね。
分かるよ。知ってる。
口元が笑ってるの、背中越しでもちゃんと見えるんだから。
あたしは口籠《くちご》もり、わざと不機嫌な声を作った。
「あたしの名前呼んでくれたら……教えてあげる」
一呼吸置いた後に、今度は声に出して笑う声が聞こえた。
「教えて。……まゆり」
抱きつく腕をそっと放し、足を爪先立ちにさせて、相沢くんの耳元に唇を近付けた。
「あのね、あたし……相沢くんのことが……」
聞き逃してしまうくらいに小さな声で囁《ささや》いた後、相沢くんはあたしの手を引いて、そのまま抱き締めた。
ギュッと、痛いくらいに抱き締められ、呼吸が苦しくなる。
こんな甘い苦しみ、他に知らない。
苦しくて、なのに心地良い。
そして、抱き締めたまま、相沢くんはあたしの首筋に唇を落とした。
首筋が、温かな吐息を感じ取る。

「だから言っただろ？　まゆりは俺を好きになるしかない、って」

そう言って、首筋に真っ赤な誓いの証を残した。
「やっぱり、ずるい……」
あたしは顔を真っ赤にさせて、呟く。

──あなたに溺れる覚悟なら、もうできてる。

END

偽コイ同盟。
番外編
Nise koi doumei

桜の花。

「ごめんサクラ……」
さっきまで恋人だったはずの彼は、あたしに頭を下げて別れの言葉を告げた。
すごく大好きだった。
なのに、涙も出なかった。
それは、この瞬間をすでに予感していたからなのか。
それとも、別れを告げた彼の方が泣きそうで辛い顔をしていたからなのか。
彼は、背を向けて去っていった。
「洋司くん……」
小さくなっていく背中に、名前を呼び掛ける。
無駄だと分かっていたのに。

七月、夏の始まりを告げた暑い日。
目の前にそびえ立つ大きな木の青々とした葉が、風に揺れて騒めく。

桜の木の下での出来事だった。

彼との出会いは、去年の四月。
もう一年と三ヶ月も前の話になる。
高校に入学したばかりの頃。
桜の花がとても綺麗な木の下だった。

「ねーねー、一年生？　めっちゃ可愛くない？」

「え……えと……あの……」
その日のあたしは、顔も名前も知らない男子三人に囲まれていた。
多分、上級生。二年生なのか、三年生なのかまでは分からない。
今まで知らない男の人に声をかけられた事は何度かあったけれど、こんなふうに数人に囲まれたことは初めてで、どうしたらいいのか分からないでいた。
「名前教えてよ」
「さ、佐倉……です……」
「さくらちゃん？　名前も可愛いねー」
さくらは名前じゃなくて名字なんだけど、と思いながらも、怖くて口を挟むことができない。
それに、この男の人たちに名前を知って欲しいとも思わない。
「彼氏とかいんの？」
「俺の彼女になれば大事にするよー？」
勝手に盛り上がる彼らを前に、ただうろたえる事しかできない。
そんな時。
「あー！　いたいた！」
遠くの方から、こちらへ向かって叫ぶ声。
振り向くと、そこには見知らぬ男子。
知らない人なのに、その顔は真っすぐにこちらを見て、近付いてきた。
「なぁ！　あんた、担任が呼んでたんだけど」
「……あたし？」
「そう」
そう言って、彼は先輩たちの間に割り込み、あたしの手を引いて走った。

背中の方から、先ほどの先輩たちの呼び止める声が聞こえる。
それを無視して、彼はあたしの手を引いて真っすぐ前に足を進めた。
「あっ……あの」
えーと、えーと……、この人はどこかで見たことが……あるような無いような。
同じクラス？　いたっけ？
何しろ、入学して間もないから記憶が浅過ぎる。

桜の木も見えなくなった体育館裏まで彼は手を引いて走り、立ち止まってハァハァと息を整えた。
「あの……」
あたしも胸に手を当てて呼吸を整える。
息苦しくて、長く言葉を続けることができない。
「あ、ごめん、余計だった？　困ってるのかと思って……」
繋ぐ手をパッと放し、彼が申し訳なさそうな顔で謝罪の言葉を口にした。
「うっ、ううん！　そんなことない！　すごく助かった！」
「そっか。よかった……」
彼は安心したようにニッコリと笑った。

これが、洋司くんとの出会い。
桜の花びらが舞い散る春だった。

その日から数週間後。
人づてに聞いた彼の名前は、相沢洋司くん。
隣のクラスの男子。
彼の名前を知った日から、用もないのに隣のクラスの前を通ったり、授業中に体育をしている姿を教室の窓から見かけては、目で追い掛けた。
相沢くん。……相沢洋司くん。
知ってる？　あなたと目が合うだけで、あたしが一日中幸せでいれること。
知ってる？　教科書を忘れたふりをして、あなたのクラスの子に借りに行ってること。
知ってる？　ねえ、知ってほしいな。
あたしの名前。
あなたに呼んでほしいって……思ってること。

結局、話し掛ける勇気もないまま、数日が流れた。
今日は目……合わなかった。
そんなことを考えていた放課後。
少しの間、図書室で本を読み、いざ帰ろうと昇降口の前に立つと……
「う……うそぉー……？」
図書室から見ていた景色は太陽が辺りを照らしていたのに、現在の空は、どんよりと曇って雨が地面を叩きつけている。
「さっきまで晴れてたのに……」
朝に観たテレビの天気予報では、一日中晴れだと告げていた。
だから、今日は傘を持ってこなかった。
図書室に寄らないで真っすぐに帰っていれば、今頃は……。
今更後悔しても遅い。
同じ方向に帰る友達も、とっくに帰ってしまっているし。
「止むまで待たなきゃー……」
誰もいない昇降口で呟く。
「うっわ！　すげー雨」

すぐ後ろから、驚いた声が届いた。男子の声。
この声、まさか……。
そっと振り向いた先にいたのは……
「あれ？　あんた確か、あの時の？」
先に口を開いたのは彼。
覚えててくれた……。
「あ……あの時はありがとう。……相沢くん」
「やっぱりあんただったんだー。いいって別に」
彼はこちらに近付き、冗談っぽく笑った。
前言撤回《ぜんげんてっかい》。雨……降ってくれて良かった。
「俺の名前知ってんの？」
心臓が高鳴る。
「う、うん……。ずっとお礼言いたくて、相沢くんのクラスの子に名前聞いたの」
「そんなの気にしなくていいって」

その後、特に話すことがあるわけでもなく、ふたりとも雨を目の前に黙り込んでしまった。
ザーザーと、雨が降っては地面に落ちる。
テレビの砂嵐みたい。
「雨……嫌だね……」
好きな人を横に、言葉を選びに選び、やっと出た言葉が、これ。
「雨嫌い？」
「えっ？　うん……。濡れるし冷たいし……」
予想に反した問い掛けに、驚く。
てっきり、同意してくれるものだとばかり思っていたから、尚更。
「俺は結構好きだけど」

「……どうして？」
彼はニッコリと笑い、正面に向かって指を差した。
そこには桜の木。
「桜？」
雨に降られて、満開の桜の花は地面に向かって、微《かす》かに頭を垂れているように見える。
「泣いてるみたいに見えない？」
「桜が？」
「そう」
言われてから、また改めて桜の木を見る。
雨が当たっては、ぽたぽた、ぽたぽた、雫が落ちる。
何度も。
「綺麗で好きなんだ。桜の涙」
自分のことを言われたわけではないのに、ついうろたえる。
彼が好きだといったのは、桜。
あたしじゃない。
分かっているけど、心の訴えを無視して心臓が騒がしい。

「俺もさ、知ってるよ」
不意に、脈絡《みゃくらく》もなく彼が口を開いた。
何のことか分からず、言葉を選んでいると、更に彼は続けた。
「あんたの名前。俺も知ってた」
「あ……」
名前か。
言葉の意味を理解できた安心感と、名前を知っているという事実に、胸の音が不協和音《ふきょうわおん》を奏でる。
「さくらって……どんな字？」
「あ、佐倉は名前じゃなくて名字なの。名前はね、桜花《おうか》」

「おうか？　字は？」
「桜の……、花……」
ぽたぽた、ぽたぽた。
雨の音を聞きながら、再び彼は桜の木に目線を戻す。
「ふーん……。綺麗な名前」
桜の涙を見つめながら、彼は呟いた。
あたしに聞かせるわけでもなく、自分に言うわけでもなく、言葉をそっと口から滑り落とすように。
雨の音の中、あたしの名前を「綺麗」だと言う横顔の方が、ずっとずっと綺麗に見えた。

もう一度恋に落ちるには、充分すぎた。

あの日から、もう一年以上。
恋人になって、別れて……。
原因はあたし自身。
他の男子から何度告白されても、ヤキモチを妬く素振りを見せてくれない洋司くんを、試してしまった。
他の誰でもない。あたしのせい。
──『相沢くんがあなたを好きなことなんて、見てれば分かるでしょ』
いつかの『彼女』のセリフを思い出す。
本当に、その通りだね……。
隣にいてくれた彼に、嘘はひとつもなかった。
大事にしてくれた。好きだと言ってくれた。笑顔をくれた。傍にいてくれた。
それだけで良かったはずなのに……。
好きだから、信じる。

それだけのことが、どうしてできなかったんだろう。
バカなあたし。これは自業自得。

帰宅するために、昇降口まで足を運ぶ。
聞き慣れた音が耳に飛び込み、つい足を止めた。
目に映るのは、ザーザーと地面を叩く雨。
「あ……」
あの日と同じ雨。
そして、今日も傘を持っていない。
違うのは、季節の過ぎた夏の桜の木は青々としていること。
雨を好きだと言う彼が傍にいないこと。
昇降口で雨宿りするのが、ひとりだけだということ。
「止むの……待たなきゃ」
ボーッと雨を見る。
桜の葉に雨が当たり、弾かれて地面に落ちる。
幾度となく繰り返す。
ぽたぽた、ぽたぽた。
何度も雫が落ち、地面に水溜まりを作る。
「桜の涙……」
あの日の言葉を思い出す。
やっぱり、雨は嫌い。
思い出したくないことを思い出させる。
桜が泣く。
ぽたぽた、ぽたぽた。
落ちて水溜まり。
「泣いてる……」
夏の桜の涙も、洋司くんは綺麗だって言うのかな。
あたしの名前を、まだ綺麗だって思うのかな。

桜が泣く姿を、好きだって……思っているかな。

あたしは、自分でも知らないうちに泣いていた。
涙があまりにも静かに零れるから、気付かなかった。

お願いです。もう多くは望まないから。
もう一度好きになってなんて、言わないから。

あの日の彼を下さい。
桜の涙を好きだと言った彼を、あたしだけのものにして下さい。
桜の涙を見たら、少しだけあの日のふたりを思い出してくれるように。
洋司くん……。

最後のわがまま。
桜の涙を話す彼は、あたしだけのものでありますように。
あの子にも、誰にも、言わないで。
この願いは、きっと洋司くんには届かない。届けられない。
それを知っていて、桜の木に願った。

あたしは、桜の涙を一緒に見た時よりも、ずっとずっとあなたの事を好きになりました。
今でも。
桜が泣くから、まだ少しだけ好きでいます。

頬を伝う涙は止まらない。
洋司くんを想って流す涙を止める方法なんて、最初から知らない。

「げーっ！　超雨だし！　天気予報外してんじゃーん！　お天気お姉さんのバーカ！」
背中から大きな声が聞こえた。
誰に聞かせるわけでもない大きなひとりごとに、思わず振り返る。
見覚えのある顔。
隣のクラスの男子。洋司くんのクラスの……。
以前、朝奈さんと一緒にいるところを見たことがある。
名前は確か……
「はすみ……くん？」
相手を呼ぶためではなく、名前を思い出すために口から出た声で、彼はやっとあたしがいることに気が付いた。
「佐倉？」
「あ」
話したことがあるわけでもないのに、相手の名前を口に出してしまったことに、つい口を手でふさぐ。
蓮見くんは気にした様子も見せず、それどころか笑ってこちらに近付いた。
「雨宿り？　傘持ってないの？」
「うん……。天気予報信じちゃったから」
「降水確率めちゃめちゃ低かったもんなー」
話したこともないのに、普通に友達みたいに話し掛けるんだ……。
男の子に馴れ馴れしく話し掛けられるのは嫌いだった。
だけど、今は不思議と不快感はない。
蓮見くんが醸《かも》し出す雰囲気のおかげかもしれない。
蓮見くんの右手に、ビニールでできた傘を見つける。

「傘……持ってきてるんだね」
「ん？　ああ、これ？　持ってきたんじゃなくて、教室に置いたまま持って帰ってないだけだけどね」
つまり、置き傘だろう。
「……入ってく？」
しばらくの沈黙の後、蓮見くんは探るように話し掛けた。
「え？」
「傘」
「えっ！　い、いいよ！　そんな……悪いし……」
いくら話していて不快感が無いとはいえ、さすがに初めて話した男の子の傘に入る勇気はない。
相合傘なんて、よっぽど仲良くないとできない行為だと思う。
すると、蓮見くんは、
「だよな。言うと思った！」
と、笑い飛ばした。
反応に困っていると、手に彼が持っていたはずの傘の柄を握らされた。
「じゃあ佐倉に貸す。じゃあな！」
「えっ？　あ……！」
お礼も、ましてや拒否もできないまま、彼は通学バッグを頭の上にかざし、雨の中を駆けていってしまった。

握らされた蓮見くんの傘を片手に、その場でポカーンと立ち尽くす。
「どうしよう……」
すっかり小さくなった彼の後ろ姿を見て、呟く。
雨は止まない。桜は泣き続ける。
なのに、あたしの涙はすっかり止まっていた。

嵐のように現れ、嵐のように去っていった隣のクラスの男子。
雨は、嵐にはかなわない。
涙が止まったのは、蓮見くんのせい？
あたしは傘を見つめて笑い、雨の中に透明なビニール傘を広げる。
パンッ！　と勢いよく広がる傘に、雨粒が弾けて落ちた。
雨は止まない。
でも、あたしは傘を持っている。
目の前の桜の木は泣くけれど、『桜の花』はもう泣かない。
だから、大丈夫。

次の日、恐る恐る隣のクラスの前に立つ。
洋司くんのいる教室。何度となく訪れたことがある。
でも、今日は、会いに来た人が違う。
スウッと息を大きく吸い込み、中を覗き込む。
すると、ひとりの女子と目が合った。
彼女は気付き、戸惑う様子を見せながらこちらへ近付いた。
「佐倉……さん。えーと、どうしたの？」
話し掛けるのは朝奈さん。朝奈まゆりさん。
洋司くんの彼女。
「もしかして……相沢くんに？」
言いにくそうな彼女に、頑張って作った笑顔で否定する。
「ううん、蓮見くん……いる？」
ちゃんと笑えてるかな？　悲しい顔、してないよね？
右手に握る傘の柄に力がこもる。
「……蓮見くん？　え？　蓮見って、蓮見恭一？」
意外な人の名前が出た。という顔で、朝奈さんが目をパチパチさせた。

「うん、その蓮見くん。いるかな？」
「あ……今日はまだ……、っていうか、あの人遅刻魔だから、何時間目から来るのか分かんないかも……」
「そうなんだ」
この傘どうしようかな。と、考えていると、横の方から明るい声が届いた。
「朝奈ぁー、はよーっ！　今日は朝から来てんの。凄くね？」
陽気な声に、朝奈さんが答える。
「朝から来るのが普通なの！　蓮見くんは遅刻しすぎ！」
「まーまー、……あれ？　佐倉……」
現れたのは、渦中の人物。蓮見くんだった。
朝奈さんと一緒にいるあたしを、不思議そうな目で見ている。

「じゃああたしは……」
目的の人物も現れ、朝奈さんは気まずそうに教室の中へと戻っていった。
教室の前には、ふたりきり。
「えっと……あの……傘、ありがとう」
「ああ、別にいつでも良かったのに」
彼は少し照れたように笑った。
「風邪引かなかった？」
「ああ、それは全然。バカだから風邪引かないんだよね」
わざと明るい調子で言ってくれる声に、ついつられて笑顔になる。
傘を渡し、続かない会話に不安になり、なんとなく昨日から気になっていたことを聞くことにした。
「蓮見……くん」
「なに？」

「どうして傘……貸してくれたの？」
友達でも、ましてや知り合いですらないあたしに。ひとつしかない傘を。
自分は風邪を引くかもしれないのに。
濡れて帰らなければいけないのに。
「んー、何でって言われてもなぁ……」
先ほどまでの表情を一変させ、蓮見くんは頭をポリポリと掻いて困った顔をした。
そして、チラッとあたしの顔を見て、ニッコリと笑った。

「会いに来てほしかったから、かな」

一瞬、言葉の意味が理解できずに、身を固める。
蓮見くんは受け取ったばかりの傘を目の前に掲げ、白い歯を見せて笑った。
「傘貸せばさ、返すために佐倉は自分から俺に会いに来るだろ？」
「え……」
えーと、それは……つまり。
一気に顔が熱くなる。
それを見て、蓮見くんはまた照れたように笑い、窓の外に目線を移した。
「お、見て佐倉。虹」
彼と同じ場所に目をやると、そこには桜の木を大きく囲むような七色の虹が輝いていた。

洋司くん。
あたしは、今でもまだあなたを想っています。

少しずつ思い出に変えられるようになったら、その時は……。
その時は、また笑って一緒に桜の涙を見られたらいいな。
やっぱりまだ雨を好きにはなれないけど、あたしはもう大丈夫。
傘があるから。
傘を……見つけたから。

それは、まるで桜を守るように大きく覆う七色の虹。
大きな大きな七色の傘。

桜の花は、もう泣かない。

近距離恋愛。

この世に、嫌いでしょうがない名前がある。

智花、あや、薫。そして、まゆり。

今までに、カナが好きになった女の子。
カナに愛しそうに名前を呼んで貰える。
カナに好きになってもらえる。

そんな名前なんて、大っ嫌い。

だけど、本当は……
前園《まえぞの》莉帆《りほ》。
この名前が一番嫌い。

カナが好きにならない名前。
カナが好きにならない女の子。
カナはあたしを好きにはならない。
だから、嫌い。

何度も思った。
あたしが『前園莉帆』じゃなければよかった。
カナの幼なじみじゃなければよかった。

「カナぁー？　要一？　もう帰ってる？」

まるで自分の家でもあるかのように、高校の制服である紺のブレザー姿で、当たり前に部屋のドアを開ける。
ドアノブには『ノックしろ』と、手書きの簡潔で分かりやすい看板が紐で吊されている。
「いないの？……って、いるじゃん」
部屋の窓のすぐ傍にあるベッドの上に、うつぶせで寝転がっている姿を見つけ、呆れた声をかける。
「莉帆ー……、お前ノックして入ってこいって何度言えば分かんだよー……」
うつぶせのまま、その人物は低い声を出した。
枕に顔を埋めているせいか、声が籠もって聞こえにくい。
「どしたの？　元気無いカナなんて気持ち悪いよ」
「うるさい……。カナって呼ぶな」

あたし、前園莉帆。
この部屋はあたしのものではなく、この家もあたしの家ではない。
ベッドの上に力なく寝転がっている男。
松本要。
この部屋は彼のもの。

あたしたちは、同い年の幼なじみ。

「いいじゃん。カナはカナだもん」
カナは、あたしが呼ぶ女の子のような愛称がどうにも気に入らないらしい。
子供の頃から、何十回と訂正されたか分からない。
でも、この愛称で呼ぶことをやめる気はさらさらない。

だって、要をカナって呼ぶの……あたしだけだもん。
幼なじみの特権。それが、好きな人なら尚更。
あたしは、小さな頃からずっとカナに恋をしている。

「ねー、どうしたの？」
「何でもねぇよ……」
学校から帰ってから制服を着替えることもなく、ベッドの上にうつぶせで突っ伏している姿が、『何でもない』わけが無い。
いつもなら、勝手に部屋に入るあたしに、迷惑そうに文句を言いながらも相手をしてくれていた。
「カーナっ？」
「…………」
寝転がっているベッドに、腰掛けた。
ギシッと音を立てて、ベッドが沈む。
「カナ？　莉帆に話して」
すると、カナはゆっくりと起き上がり、あたしの横に座った。

小さな頃からずっと傍にいた。
だから、カナが誰にも話したくないと思っている出来事も、あたしは簡単に聞きだす方法を自然と身に付けていた。
怒ったような声色《こわいろ》で名前を呼ばれると弱いってこと、知ってるよ。

「俺さー……」
「うん」
「フラれた」
耳をスッと通り抜けた声に、一瞬身が固まる。
たった四文字を理解するために、頭の中で整理する。

「……えっ？　嘘！」
「悪かったな。どうせ本当だよ」
そう言うと、ハァッと大きなため息をついた。
「だってフラれたって……」
彼女に？　彼女って……
「……朝奈まゆり？」
下から顔を覗き込み、恐る恐る問い掛ける。
すると、カナはますます暗い表情を濃くした。
あ、『朝奈まゆり』は、NGワード。
うっかり地雷を踏んでしまい、慌ててフォローを試みる。
「いやっ、ほら！　カナのことを好きな女の子はいっぱいいるよ！　元気出しなって！」
月並みな慰めの言葉。
だけど、意外にも、あたしの言葉に反応を見せた。
「そんな奴いるかよ……」
「いるいる！　いーっぱいいる！」
「どこに」
「あたしとか！」
「え」
え？　あれ？
キョトンとした顔を向けられる。
あたし……今……。
自分の言った言葉を自覚し、顔がカァッと熱くなる。
「莉帆……」
「だっ、だってあたしカナのこと大好きだし！　ちっさい頃から、もう本当に大好き！　激ラブっ！　超ラブラブ！」
いつも思っていた素直な想いなのに、冗談めいた口調のせいで、それは全然本気に聞こえない。

きっと、元気づけるための言葉としか思われていないだろう。
こんな形で告白するつもりじゃなかったのに！
ポカーンと顔を固めるカナを目の前にして、照れ隠しのせいで、冗談めいた言葉が口から滑り落ちて止まらない。
「いっ……いつまでそんな顔してんのっ！　なんだったら、次の彼女ができるまで、あたしが彼女になってもいいよ？」
ちっ、ちーがーうー！
彼女になれるなら、願ったり叶ったりだけど！
でも、そうじゃなくて！
こんな感じじゃなくて、今はカナを元気づけようと思ってるのに。
何でこんなこと言ってるの！
日頃からの願望が、つい口から出てしまったのだろうか。
相変わらずカナはキョトンとしている。
「えーとね、……つまり、えーと……」
言い訳をしようと、必死に言葉を選ぶ。
焦るあたしの耳に、信じがたい言葉が通り抜けた。
「うん、分かった。いいよ……」
「……へ？」
いいよ。って何が？　と聞く前に、真剣な顔でカナはもう一度答えた。

「いいよ、彼女。なってくれるんだろ？」

その口調は、普段通りの言葉を話す時と同じように淡々としていた。
告白を返事するときの言葉には聞こえがたい。
だから、何を言われたのか理解するのに時間がかかった。

そして、言葉の意味を理解する前に、呆然とした頭のまま、思わず、
「はい……」
と、返事をしてしまった。
彼女？　カナの彼女？
誰が？　あたしが……？
「あ……じゃあ……明日からよろしくお願いします……」
「うん」
「じゃあ……」
そしてあたしは立ち上がり、フラフラとおぼつかない足で部屋の扉を開けた。

部屋の外に出て、パタンと後ろ手に扉を閉める。
ズルズルと扉を背にして、体が床に崩れた。
彼女？　カナの……。
やっと意味を理解し、口に両手を当てた。きっと顔は真っ赤になっている。
どうしよう……！　本当に？　あたしが……。
嬉しさのあまり、今すぐ叫びたくなる口を必死で押さえる。
知ってる。カナはあたしのことが好きだから、告白に応えたわけじゃない。
あの告白だって、冗談半分としか思っていない。
フラれたばかりで寂しかったから、代わりが欲しかっただけなの。
分かってる。分かってるけど……。
ずっと好きだった。
小さな頃から、ずっと。
あたしの初恋はカナ。

今までもこれからも、初恋が最後の恋になる自信があった。
だから、どんな形でも、今から恋人同士。
……嬉しい。
「や……やったー！」
思わず部屋の前で万歳をして叫んだ。
大好き。大好きだよ。
今は誰かの代わりでもいい。
でも、あたし頑張るから。
そしたら、きっといつか『莉帆』のこと好きになってくれるよね？
それにね、知ってるんだよ。
今年の誕生日にあたしがあげた黒い腕時計。
いつもなら、あげた誕生日プレゼントなんてすぐ机にしまっちゃうくせに、腕時計はずっと付けてくれてるの知ってる。
朝奈まゆりと付き合ってたときだって。ずっと。
少しは期待してもいいのかな？

陽気に階段を降りる足音を遠くに聞きながら、要は部屋の中でプッと吹き出して笑った。
そして、黒い腕時計を見てひとつため息をついた。

階段を降りると、そこにはカナのお母さんがいた。
「莉帆ちゃん、来てたの？」
「はーい！　お邪魔してましたっ！」
さっきの万歳をしながら叫んだ声、聞こえてないよね？
軽く一礼をし、玄関へ向かう。
「もう帰っちゃうの？　もっとゆっくりしてってよ。要と高校別になってから、すっかり顔見なくなっちゃったんだから」

「あははっ！」

中学までは、当たり前みたいに傍にいたあたしたち。
あたしはカナと一緒の高校に行きたかったけれど、受験に失敗してしまった。
カナは無事に第一志望だった今の高校へ。
あたしは、滑り止めに受けていた私立校へ。
ふたりの生活が重なることはほとんど無くなってしまった。
今日部屋に訪れたのも、一ヵ月ぶりだったりする。
一ヵ月。
それは、あたしたちの生活が重ならなかった期間。
いつからだろう。
あたしばかりが会いに行くようになったのは。
カナから会いに来てくれなくなったのは。
あたしが会おうと思わなければ、顔を見ることすらできない。

「もっとゆっくりしてってくれていいのに……」
カナのお母さんは、残念そうに眉を寄せた。
「今日はこれで帰りますねっ！　明日からは毎日くるから！」
手を振って玄関から外へと出た。

会いたくなったら、会いに行けばいい。
だって、今日からは彼女だもん。
カナの彼女。
あたしは玄関の前でもう一度「やったー！」と、万歳をした。

「カーナーちゃーん！　おはよ！　愛のモーニングコールだよ！」

次の日の朝。いつもより大分早く家を出て、高校の制服姿で向かった先は隣の家。
一階で朝食の準備をしていたカナのお母さんに挨拶をして、真っすぐ二階へ。
まだ夢の中にいたカナは、無理矢理現実へ頭を戻され、不機嫌な声を出して起き上がった。
「うるせぇ……りほ……カナって呼ぶな……」
何十回と聞いた覚えのあるセリフの後に、眠そうな顔で目を擦っている。
「なんで朝からいるんだよー？」
「彼女だからです！」
「理由になってねぇ……」
いつも通りの会話も、憎まれ口も、『彼女』なのだと思うだけで、いつもと違うように感じる。
いつもよりも、話していられる事実が嬉しい。
「えへへーっ、今日から毎日来るからねっ」
「げーっ」
「げーって何ー？　ほらっ早く起きて！」
ベッドの上でパジャマ姿で寝転がるカナの服を、ギューッとベッドの外の方に引っ張る。
「ほらほらーっ！」
「あーもう……起きるっつの。引っ張んなって」
カナはあくびをしながら上体を起こし、ベッドから下りようとする。
それと同時に、あたしが袖を引っ張ってしまって……。
「っきゃあ！」
「うわっ！」
ふたり分の引力により、ベッドから落ちてしまった。

「いて……、莉帆大丈夫か？」
「あ、うん……」
カナが落ちたのはあたしの上。
落ちた衝撃で瞑《つぶ》っていた目を開けると、目の前がやけに暗い。
目の前の光を遮《さえぎ》るのは、パジャマ姿の大きな体。
あたしを組み敷く形になっている。
「っ……！」
「あ、ごめん」
冷静に言うカナとは反対に、あたしの顔は一気に熱くなって……
「っき……きゃあああー！」
気付いたら、大きな悲鳴を上げてしまっていた。
同時に、階段を慌ててかけ上る音が届いて、すぐさま部屋のドアがノックも無しにバンッ！と音を立てて開いた。
「要っ！　莉帆ちゃん！　どうしたの！」
ドアが開くと同時にこちらに向かって叫んだのは、カナのお母さん。
その目に映るのは、ベッドから落ちたカナと、その原因を作ったあたし。
だけど、そんな事情を知らない人から見れば、それは押し倒しているようにしか見えないだろう。
「か……要……」
カナのお母さんが口元を引きつらせる。
その意味を理解したあたしたちは、同時に「あ」と、声を漏《も》らした。
そして、弁解の余地も与えられないまま、カナのお母さんは顔を真っ赤にさせてもう一度叫んだ。
「要っ！　あんた朝からなにやってるの！」

「莉帆。俺んち立ち入り禁止」
「えーっ！　やだやだ！　ごめんってば！　もう無理矢理起こそうとしないから！」
制服姿に着替えたカナは、自分の左頬を擦りながら、不機嫌な声を出した。
先ほどの場面を母親に見られ、言い訳もさせてもらえないまま、間髪入れず見事な張り手を食らってしまったからだろう。
「何で俺が殴られんだよ。いてて……」
「だからごめんって。まだ痛い？」
頬を擦る手の上に、自分の手を重ねる。
いつも以上に近付く距離に、心臓が驚く。
自分から手を伸ばしたくせに……。
反射的に、手をパッと離す。
その意味にはカナは気付かなかったようで、「お前の手熱いなー」と、率直な感想のみをくれた。
「カナの手は昔から冷たいよね。何だったら、繋いで歩く？」
というあたしの照れ隠し代わりの言葉に、
「やだ」
また率直な感想をくれた。
少なからずショックを受けていると、カナはまた頬を擦りながら言葉を続けた。
「ガキん時とは違うんだからさ。今さら幼なじみと手繋ぐとか……ないだろ」
「ない」ってこいつ。この野郎。
っていうか、あたしはあんたの彼女じゃなかったのか？
幼なじみって……。
やっぱり、あの告白は冗談だとしか思われてないってことか…

…。
慰めるためだけのセリフなんかじゃないのにな。
あたしはカナのことが好きなのに。
小さな頃から、ずーっと。
好きなだけなのに。
気付いてよ。このアホたれ。
「そーですか！」
フンッ！　と背を向け、スタスタと歩みを速める。
そのあたしの様子にカナが目を丸くして、
「は？　なに？　怒ってんの？」
「カナのバーカ！」
「誰がバカだ。っつか、カナって呼ぶなよ」
「うるさい！　バーカバーカ！　カナのくせに！」
「莉帆っ！」
パシッと腕を掴まれると同時に、名前を呼ぶ声。
あたしを掴むのは、左手。
その手首には、黒い腕時計。誕生日にプレゼントしたもの。
今日も付けてくれてるんだ……。
いつもなら、あたしからのプレゼントは一回だけ身に付けるだけで、机の中にしまい込んでしまうのに。
それは、その腕時計が気に入ったから？
それとも……あたしからのプレゼントだったから？
自分の妄想に、つい顔がにやけてしまう。
だってそれ、朝奈まゆりと付き合ってたときだってずっと付けててくれたでしょ？
ちょっと……、ううん、かなり……嬉しいかも。
「ねえ」
「なに」

「学校行くまでずっと手繋いでてくれたら許してあげよっか？」
「許すも何も、お前が怒ってる理由が分かんないんだけど」
ふう、と一度深い息を吐き、カナは手をパッと放した。
「……ケチ」
「は？」
下を向いてボソッと呟くと同時に、先程まで手持ち無沙汰だった左手に熱が点《とも》った。
カナが自分の左手を放し、立ち位置を変え、右手であたしの左手を握っていた。
ポカンとして顔を見上げると、
「ん？　お前が言ったんじゃん。怒ってる理由は分かんないけどな。手繋げば許してくれんだろ」
手なんか繋いで何が楽しいんだか。と、ブツブツひとりごとを言いながらも、あたしの一歩前を手を引いて歩く。
ワンテンポ遅れてやっと状況を理解し、抑えようとも思っていないあたしの顔の筋肉は緩《ゆる》みまくった。
道路側に移ってくれたんだ……。
「えへへっ、カーナッ！」
前を歩く人物に追い付こうと、てての走る。
「だからカナって呼ぶなよ」
「やだ。お断わり」
「お前……」
隣に並び、引きつった笑いの顔を見上げる。
こんなに近くに感じられるのは、いつ以来だろう。
いつの間にか、カナの隣に並んで歩く女の子は『彼女』以外はありえないことになっていた。
「何だよお前、ニヤニヤして気持ち悪い」

隣から呆れた声が降る。
どんな暴言でも、カナが自分に向けた声だと思うだけで嬉しい。
「……カナ」
「もう一回呼んだらデコピンな。なに」
一度爪先に視線を落とし、少し熱くなる頬の温度を感じながら、自分より頭一つ分高い背を見上げた。
「あたしはカナのこと、大好き……だよ？」
キョトンとなり一拍置いてから、カナは一度吹き出して笑い、
「何で疑問系だよ。はいはい、ありがとさん」
繋いでいない左手の指で、パチンとあたしの額を弾いた。
黒い腕時計が近付き、離れる。
「痛い！」
「デコピンだっつっただろ。利き手でやられなかっただけ良かったと思え」
カナは先を急ぐように、手を引いてずんずんと先を歩く。
「ねーっ！　ホントだよー？」
「はいはい、サンキュ」
相変わらず、人の告白を本気の意味で受けとめてくれない。
まだ『失恋を慰めるための言葉』だと思っているのだろうか。
でも、まあ……。今はそれでもいっか。
今までずっと片思いしてきたんだもん。小さな頃からずっと。
それだけ長い間カナだけ好きでいられたの。
だから、これくらいのことでいちいち沈んじゃうような恋心じゃないんだからね。

カナの中の莉帆は、一体どんな形をしてるんだろう。
あたしの中のカナは、おっきなハートの形。
真っ赤なハート。

カナにとっての莉帆が、どんな形をしていてもいい。
いつかは同じに……なる日が来るよね？

母親に叩かれた左頬を左手で撫でるカナの姿を見ながら、プッと吹き出して笑った。
左手首には黒い腕時計。
「なに笑ってんだよ」
「別にー？　お母さんに殴られてかわいそうだなーって思ってるだけー」
「……やっぱり俺の部屋立入禁止」
「あーっ！　嘘！　嘘です！」
握った手の先には、冷たい手の温度。
昔から変わらない手の冷たさと、昔のふにゃふにゃしたものとは違って大きくて骨張った感触。
前は手の大きさだって、全然違わなかったのに。
いつの間にこんなに違っていたんだろう。
お互いが手も繋がなくなった間に、ずいぶん変わっちゃってたんだね。

『朝奈まゆり』は、あたしよりも先に、この手を知ったんだ。

「カナー……」
「ん？」
名前を呼ぶと、すぐ隣からはこちらを見る瞳。
あたしだけに向けられた目。
今までなんて、過去にカナがどんな女の子と出会ったかなんて、どうでもいい。
だって、これからはあたしの隣にいるでしょう？

「なんでもない」

だから、明日も好きでいていいですか？

その日の放課後。
ホームルームが終ってから、下校途中の予定を話し合っている友達数人の横で、あたしはバタバタと帰宅の準備をする。
「あれっ？　莉帆もう帰んの？　一緒にゲーセン行こうよ。久々にさぁ、プリ撮んない？」
通学用バッグにペンケースやらノートやらを詰め込んでいると、それに気付いた友達のひとりが声をかけてきた。
「ごめん！　急いで会いに行きたいからすぐ帰るね！」
バッグのファスナーをジャッ！　と勢いよく閉め、右肩に背負う。
「は？　会うって……誰に？」
目を白黒させる友達を横目に、自分の席を立ち上がって笑顔を作った。
「愛にっ」

学校を飛び出して、すぐに向かった先は、とある公立高校。
正門の前に行くと、そこからはセーラー服姿の女子や、真っ白なシャツ姿の男子が次々と歩いてくる。
水色のベストと、白いブラウス、青いチェックのスカート姿の自分は、さぞかし目立っていることだろう。
他校の正門に立つあたしの姿を、みんな物珍しげに見ながら通り過ぎていく。
ちょっと恥ずかしいけど、目を伏せるわけにはいかない。
ちゃんと見ていないと見失ってしまうかもしれない。

ここに来た理由。それは、他の誰でもなく……
「あっ！」
見つけた！
視線の先には、少し眠そうに後頭部を手で掻く、男子。
焦げ茶色に染まった髪の毛から離した左手には、黒い腕時計。
「カーナっ！」
その姿を視界に捕らえ、右手を大きく掲げて名前を呼んだ。
「うっわ！　莉帆⁉」
あたしの姿を見たとたん、カナは身を退いて眉を歪ませて、驚いた声を出した。
超失礼な反応してくれてありがとう。と、言いたい声を飲み込み、傍に駆け寄る。
「何やってんだお前」
「迎えに来たに決まってんでしょー」
「……何のために？」
あんまり聞きたくない。と言いたげな顔で問い掛ける姿に、思いっきり笑顔を作って答えた。
「愛のためにっ！」
「バカ？」
ぺちんっと、カナの右手が額に当てられる。
「あ痛っ」
そして、カナはあたしの手をずんずん引いて正門を出た。
「そんな制服で来られたら、目立ちまくってしょうがないだろ」
「早く会いたかったのー」
「隣の家に住んでる奴が何言ってんだ。いつだって会えるじゃねーか」
いつだってなんて……会えないもん。

隣に住んでたって、会いに来てくれないくせに。
一歩前を、手を引いて歩いていたはずの人物が、突然ピタッと立ち止まった。
そのせいで、背中にボスッと顔をぶつけてしまった。
鼻が痛みを訴える。
「ちょっと……？」
何？　と、聞く代わりに、見つめる目線の先を追う。
カナが目を見開いて見ているのは、同じく驚いた顔をしているひとりの女の子。
肩に付かないくらいのギリギリの半端な長さの髪の毛、カナと同じ高校の制服を着ている。
その子は、あたしたちを交互に見て、目を丸くしている。
他校の女子生徒がいることに驚いているのか、それとも……——
「行くぞ」
「あっ……！」
カナはグイッと手を引いて、いつもより速い速度で足を進めた。

大きな歩幅で前を歩く後ろをパタパタと小走りしながら付いていく。
「ね……ねぇっ、今の……」
今の誰？　と聞こうとして口を閉じる。
聞かなくても分かる。
あれはきっと……『朝奈まゆり』だ。
まだ好きなの？
忘れられないの？
声かけなくて良かったの？
早足で前方を歩く後ろを付いていきながら、声に出したい言葉を何度も飲み込み、無言で歩き続ける背中を追った。
繋いだ手は、いつも通りの冷たい温度で……、少し震えていた。
今どんな顔をしているの？
背中しか見えないから、分からない。
目の前の焦げ茶色の髪の毛が、風でサラサラと揺れる。
カナの中の莉帆がどんな形をしているのか、分からない。
だけど、カナにとっての朝奈まゆりは、まだハートの形をしているね。

昔から変わらない冷たい手の感触に、何だか泣きそうになった。

結局、お互いに言葉を交わすこともないまま、家に辿り着いてしまった。
「じゃあな」
振り返ることもなく、カナは手を放して自宅の門に手をかける。
こっち見てよ。
あたしを見て。
今、傍にいるのは『莉帆』なんだよ？
「カナ！」
思わず叫んだ大きな声に、家に入ろうと足を踏み出したカナが振り向いた。
「え……」
「問題ですっ！　明日は何曜日でしょうか？」
無理矢理明るい笑顔を作り、右手で指差す。
「…………は？」
「何曜日？」
「土曜だろ」
「あたりっ！」

話はそれだけ？　と、また背を向ける。
「遊園地行こっ！　朝10時ね！　遅れたらビンタするから！」
「えっ？　おい！」
返事を聞く前に、逃げるように自分の家に飛び込む。
バタンッ！　と玄関のドアを閉めると、カナの戸惑いながら叫ぶ声が一気に小さくなった。

大丈夫。まだ……大丈夫。
あたしは胸に手を当て、息を飲み込んだ。

翌日、10時５分。
洗面所でパチンと両手で自分の頬を叩き、目の前の鏡を睨む。
「よしっ」
家を飛び出し、隣の家まで走る。
家の前には、私服姿のカナが腕組みをして立っていた。
「あ……」
いた……。待っててくれた。
勝手に取り付けた約束だったから、無視されるかもしれないと心配してた。
昨日は気分が落ち込んでいたみたいだし、尚更。
その分、安心感も大きくなる。
何だかんだ言ったって、本当はちゃんと優しいんだよね。
知ってるよ。
ずっと見てたから……。
あたしに気付いたカナは、眉をつり上げて声をかけてきた。
「10時って言ったのお前だろ？　遅れたらビンタだっけ？」
「たったの５分でしょ！」
「じゃあ俺が５分遅刻してたらどうしてた？」

「往復ビンタ」
「おい」
カナが口の端を引きつらせる。
良かった。いつもと同じだ。
「行こっ！　遊園地！」
全開の笑顔を作り、カナの腕に自分の腕を絡ませ、走りだす。
「走んなくたって遊園地は逃げねぇぞー」
「だってもったいないんだもん」
「何が」
「時間！」
子供か？　と、カナが吹き出して笑う。
目を細めていたから、あたしの表情にはきっと気付かなかったんだろう。
悲しそうに、それでも笑顔を作る表情には……。

もったいないよ。カナといる時間。
本当は、いくらあったって足りないくらい。

遊園地に着き、まずは入場券を買いに受け付けへ。
「お前なら小学生料金で入れるんじゃねえの？　子供っぽいからなー」
カナがからかいながらあたしの額を人差し指でツンッと突く。
「……カナちゃん殴るよ？」
頬を膨らませて睨むと、「ほら子供じゃん」と、楽しそうに笑った。
つられてあたしも笑顔を作る。
笑ってるよね？
ちゃんと楽しそうにしてるよね？

『莉帆』の隣で笑ってるんだよね？
大丈夫。
まだ……、まだ大丈夫。
少しだけ苦しくなる胸を押さえ、ゴクッと唾を飲み込む。
すると、
「ほら」
ぺちっと額に当てられた紙を見る。
それは『入場券・大人』と書かれた、細長い小さな紙。
……小学生料金とか言ったくせに。
「なにニヤニヤしてんだよ。行くぞ」
そう言って、あたしの手を引いて入場口へ向かった。
その左腕には、黒い腕時計。
本当に毎日付けてくれてるんだ。
嬉しい。
……好き。大好き。
大好きだよ。カナ。
本当にずっと傍にいたいの。
今までよりも、もっと。
もっとずっと、傍にいたい。

「何から乗るんだ？」
「じゃあねー、最初はあれ！」
あたしが指差した先にあるのは、高速で宙を駆け巡る乗り物。
ジェットコースター。
乗り込んでいる人の叫び声が、遊園地内によく響く。
横を見ると、血の気をなくした顔で、表情を固めていた。
「……もしかしてまだ怖い？」
カナの表情が一瞬ピクッと反応を見せる。

あ、図星なんだ。
昔も、あたしとカナの家族同士で遊園地に来たとき。
あの時も、ジェットコースターに乗りたがるあたしの横で、
「乗りたくない」って必死で抵抗してたなー……。
脳裏に浮かぶ幼い頃の姿を思い出し、ついクスクス笑ってしまう。
その意味に気付いたのか、カナは少し怒っている声色で、
「乗りたきゃひとりで行けよ」
腕組みをし、顔を背けた。
「何言ってんの。それじゃふたりで来た意味ないじゃん」

次に、カナを引っ張っていったのはメリーゴーランド。
「こっちの方が嫌だし」
先ほどよりもますます嫌そうな表情を浮かべるカナを置いて、あたしはひとりでメリーゴーランドへと近付いた。
「じゃあ見てれば？　あたしはひとりでも乗るもん」
「ふたりで来た意味ないとか言ったのは誰だっけな？」
呆れる声を無視して、メリーゴーランドへ乗り込む。
苦笑いでため息を吐きながら、それでもメリーゴーランドの外側で待っていてくれるカナに、馬の上から大きく両手を振った。
馬から体を乗り出してキャーキャーと黄色い声を上げるあたしを見て、カナは吹き出して笑った。
「見てるー？」
「ばーか！　落ちるからちゃんと乗ってろ」

メリーゴーランドの次はおばけ屋敷。
怖がるふりをして抱きつく作戦だったのに、何だか全然怖くなくて、それどころか暗いところが楽しくて、大笑いしながら最

後まで辿り着いてしまった。
「おばけ屋敷で爆笑する奴、お前以外に見たことねぇ」
「だって暗くてテンション上がっちゃわない？」
「ねぇよ」
あたしの言葉に、カナも笑う。
カナが笑う。だからあたしも笑顔になる。
ふたりでいて、隣にカナがいて……。
それが嬉しくて、楽しくて、だから見落としていたの。
カナの笑顔の奥に潜むものの正体に。

乗り物にも一通り乗り終わり、時間を確認したときには、昼の2時を回ったところだった。
遊園地内で遅めの昼食を済まし、
「まだ何か乗りたいもんあるか？」
紙コップに刺さるストローを口元に当て、頬杖をついてカナが言った。
「じゃあジェットコースター」
「ひとりで行け」
カナは飲み終わった紙コップを片手でグシャッと潰し、金網でできたゴミ箱に向かって投げ入れた。
紙コップに残った氷が、ゴミ箱の中でカラカラと音を立てる。
相変わらず絶叫系の乗り物を怖がるカナをクスクス笑い、パッと首を回して目に飛び込んできたのは、おみやげ物が並ぶ店だった。
「じゃあおみやげ見てこうよ」
「いいけど、ねだるなよ」
「しーまーせーんー！」

おみやげ屋さんに入ると、まず目に入ってくるのは、遊園地のキャラクターのぬいぐるみやキーホルダー、小物。
「こういうところって男が買えるもん売ってないんだよな……」
ぬいぐるみを眺めるあたしを横目に、カナは苦笑いで頭をポリポリ掻き、クッキーやチョコなどが並んでいるお菓子のコーナーへ足を進めた。
すぐどこかに行っちゃうんだから……。
せっかく何かお揃いのものが欲しいって思ってたのに。
でも、まあ……確かに。
目線を動かすと、見るもの全てが可愛い雑貨たち。
この中から、カナとお揃いのものなんてのは、無理かな。

特に買おうと思うわけでもなく、店内をゆっくりと見て回っていると、お菓子のコーナーにいたはずのカナが、いつの間にかそこから姿を消していた。
「あれ……？」
どこに行っちゃったんだろう。
つまんなくてひとりで店から出ちゃったのかな。
姿を見せないことに不安を覚え、戸惑いながら辺りに目を走らせると……、
「あ……」
見つけた。
キャラクターのキーホルダーが並ぶコーナーで立ち止まっている。
微動だにせず、ひとつの場所をジーッと見ている。
男が買うものは無い、とか言ってたくせに。何をそんなに食い入るように見てるんだか。

……この時、どうして気付かなかったんだろう。
遠かったからかな。表情が見えなかったのは。
表情が見えていれば、余計なことに気付かなくて済んだのかもしれないのに。

「何見てんの？」
あたしが近付いたことにも気付かなかったのか、声をかけるとカナは肩をビクッと震わせた。
「いや、別に……」
手に持っていたのはストラップ。
水色に色付けられたうさぎのキャラクター。
右目をウィンクさせ、真っ赤な舌を出して、ハートを両手で持っている。
これは確か、恋のお守り。
遊園地のおみやげでも売ってるんだ……。
「これ好きなの？」
「好きじゃねえよ……別に……」
そう言って、カナはストラップを元の位置に戻す。
焦っているように見えたのは、気のせいだったのかな。
「でもあたしは水色のより、こっちの白が好きー」
水色のうさぎのストラップの隣には、白いうさぎのストラップが並んでいる。
真ん丸な赤目を両目パッチリ開き、口はおすまし。真っ赤なハートを持っているところは変わらない。
「ふーん……」
さほど興味もなさそうに白いうさぎに目線をやり、カナはもう一度水色のうさぎのストラップに目を移した。

何で水色なの？
ピンクでも白でもなく、そのうさぎだけを見つめるのはどうして？
今にも泣きそうな顔をしているのは何で？
それ、ただのストラップだよ。
興味ないって言った、女物のキャラクターなんだよ？
なのに、愛しいものを見るように瞳に映すのはどうして？
なんて……、本当は知ってる。
見れば分かる。
カナの目に映るのは、水色のうさぎじゃなくて、ただのストラップじゃなくて……。
隣にいるのはあたしなのに。
莉帆なのに。
あたしの隣で、一体誰を見てるの？
想っているの？

床に目を落とす。
自分の小さな靴と、すぐ傍にあるカナの大きな靴が瞳に映し出される。
こんなに近くにいるのに。
昔からずっと傍にいるのに。
どうして……。

「ねえ、カナっ」
手の甲で瞼《まぶた》を拭い、わざと明るく作った声で話しかける。
傍にいたことをやっと思い出したような表情で、カナはこちらを見る。
「最後にひとつだけ、乗りたいものがあるの。……付き合ってくれる？」

「わーっ！　高いね！　人間がアリみたい！　ちっこい！」
「だから乗り出すなって！　揺れる！」
最後に乗り込んだのは、観覧車。
観覧車に乗りたい。と言ったとき、カナは一瞬眉を歪めたけど、今はこうして一緒に乗ってくれている。
高いところ、まだ苦手なんだ。
子供の頃に観覧車に乗ったときも、窓の外も見ないで、体をカチカチに固めていた。
それでも、一緒に乗ってくれるんだよね。
ちゃんと優しいってこと、知ってるよ。
今も昔も、カナはちゃんと優しい。
バカだなぁ。あたしに優しくする必要なんてないのに。
……勘違いしちゃうでしょ。

観覧車が頂上付近まで回った時、窓の外を見るのをやめて、向かい側に目を向けた。
「ずっと……聞きたかったことがあるんだけど、……聞いてもいいかな？」
「ん？」
高いところが怖いのか、カナは観覧車の中の椅子をしっかりと両手で掴んでいる。
その左腕には、いつも通りに黒い腕時計。
「その腕時計……、いつもずっとつけてくれてるよね？　何で？」
カナは目を見開き、驚いた表情を見せた。
ねえ、知ってるよ。

それは、あたしからのプレゼントだからつけてくれてるわけじゃないよね？
今なら分かる。
……気付きたくなかったけど。
カナにとって、その腕時計の中に見えるのは『莉帆』じゃないんでしょ？

すると、カナは何かを言おうとして軽く口を開き、困ったように頭を掻いて、また口を閉じた。
そのままの体勢で、頭を垂らせ、前髪がたらんと下を向き、あたしからは焦げ茶色の髪の毛しか見えない。
カナがまた口を開き、静かに空気が揺れた。
「まゆりが……」
腕時計を目の下に持っていき、右手でギュッと握る。
「まゆりが……好きだって言ったから……」
小さな小さな声。
消えちゃうくらいに、小さな声。
ああ……なんだ。やっぱり……。
そっか。カナは愛しい人の名前を口にする時、こんな声を出すんだね。
あたしは……こんなに切なく、空気が震えるように、熱く擦れた声で呼ばれたことがない。
そんなの、知りたくなかったな……。

「俺は……一日だけつけて、お前に見せたらそれで机にしまうつもりだった。でも……」
声は辛そうで、擦れていた。
「その日にまゆりに出会って、それで……」

それで、その時計が好きだって言われたから？
恋が始まったから？
それ以上の言葉は続かなかった。
「泣いていいよ……？」
「何言っ……——！」
あたしは立ち上がって目の前の椅子に移動し、カナの隣に座った。
下を向いたままの頭を両腕で抱き締める。
「どうして莉帆の前で無理するの？　そんなカナなんて気持ち悪い」
「……アホか」
いつもの憎まれ口は、小さな泣き声に変わった。
やっぱり、かなわないね。
カナの心はここには無いから。

観覧車が揺れる。
一番高いところから、ゆっくりと時間をかけて地上に降りていく。
この観覧車が出口まで降りたら……、そしたら——。
腕の中のカナの体が凄く熱い。
顔を伏せて、ただ下を向いている。
泣き顔を見せようとしないところは相変わらず。
格好付けちゃって。
朝奈まゆりと別れたときも、悲しいふりなんか見せずに強がってたんでしょ。
分かるよ。
いつから一緒にいると思ってるの。
どれだけ一緒にいると思ってるの。

だけど、カナはあたしのことはそんなに知らないよね。
顔を伏せて、見ないから。
今どんな顔をしてるのかも知らないでしょ？
いつも見てたのはあたしだけ。
好きでいたのもあたしだけ。

カナは『莉帆』を好きにならない。

前に進まないのなら、幼なじみ以上の関係になれないのなら……。
だったら、もう……。

遊園地を出て、ふたり並んで歩く。
もう手は繋がない。
あたしが繋ごうとしなければ、カナから触れてはくれない。
あたしは、ただの幼なじみだから。
特別話をすることもなく、カナは表情を落として歩く。
そんな顔を横目に、あたしはピタッと立ち止まった。
それでもカナは気付かずに歩みを進める。
「カナ」
背中から呼び掛ける声に、ようやく隣にいないことに気付いたのか、不思議そうな顔で振り向いた。
「あたし、カナのこと好きだよ」
「莉帆……？」
カナは目を丸くして、あたしを見る。
突然何を言いだすんだろう。と、言いたげな顔で。
「昔からずっと好きだったの。……知ってた？」
泣くな。泣くな。

笑って伝えるの。
気持ちを全部、知ってもらうの。
冗談だって思われてもいい。
幼なじみだって言われてもいい。
今、カナの傍にいるのは『莉帆』なんだって、伝えるの。
「だからね、カナがもっと髪を短くしてって言うなら切るし、水色のうさぎを好きになれって言うならそうする。カナって呼ぶなって言うなら、ちゃんと要って呼ぶよ？　でもね……」
眼前に焼き付いて離れないのは、肩につかないくらいの半端な長さの髪型のセーラー服姿の女の子。
そして、水色のうさぎを愛しそうに見つめる姿。
カナは突然告白を始めた幼なじみを目の前に、戸惑った表情で言葉を選んでいるように見える。

好きだよ。だーいすき。
本当なんだよ？

あたしの初恋はカナ。
２番目の恋も、３番目の恋も、その先も。
ずっとずっと、あなただけ。

「でもね……、あたしは莉帆だから、まゆりにはなれない。カナの好きな人にはなれない」
好き。大好き。
ずっと言いたくて、ずっと言えなくて、今まで幼なじみをやってきたけど……。
『彼女』の立ち位置をもらった今でも、カナにとっての莉帆は『幼なじみ』以外にありえないんだ。

「だからもういい」
「莉帆……」
「好きにならないなら、もうやめる」

初恋はカナ。
その先も、ずっとずっとあなただけ。
きっと明日も、あさっても、あたしはカナを好きでいる。
そう……思っていた。
だけど、もう初恋を最後の恋にするのはやめる。
この先も片想いでしかないのなら、こんな気持ち……無くなっちゃえ。

「ばいばい」
この言葉を最後に、あたしはカナの横を擦り抜けて走った。

ちゃんと笑えてたかな。
最後まで笑顔を作れていたかな。
でも……そんなの関係ないかもしれない。
だって、カナはあたしを見ないから。
見ていたのは、昔からあたしだけ。
ずっとずっと、最後まで片想い。

背中から、あたしを呼び止める声が聞こえた気がした。
だけど追い掛けてはくれない。
分かってる。
会いたいと思うのは、会いに行くのは、いつもあたしだけだったから。

ばいばい。
あたしの大好きな幼なじみ。

翌日は日曜日。
昨日帰ってから、「食欲がない」と言って部屋に閉じこもり、ベッドに倒れこんだ。
一睡もしていない。
頭の中にカナの顔がぐるぐる駆け巡って、そのたびに声を押し殺して泣いた。
カーテン越しに朝日が差し込む。
視界がいつもより狭い気がするのは、泣いて腫れた瞼のせい。
日曜で良かった……。
こんな顔で学校行けないもんね。
薄いカーテンを開けると、隣の家が見える。
窓越しに見える隣の家のすぐ正面にある窓には、まだカーテンがかかっていた。
あの部屋はカナの部屋。
小さい頃は、窓から顔を出して大声で呼び掛けていたりもした。
「おはよう、カナ」って、迷惑なくらい大きな声で叫ぶと、眠そうな目を擦りながら、窓を開けて答えてくれた。
──『うるさい莉帆。カナって呼ぶな』
今よりも高くて子供っぽい声が脳裏にこだまする。
こうやって、窓からお互いを見なくなったのは、いつからだったっけ？
カナに初めて彼女ができてからだったかな。
何だか気まずくなってしまって、あたしはこの窓から呼ぶのをやめてしまった。

カナから呼び掛けてくれたことは一度もなくて、いつもあたしばっかり。
会いたいのはあたしだけ。
幼なじみ以上を望んだのもあたしだけ。

カーテンの閉まった窓を見ながら、自分の部屋の窓を開ける。
「おはよう……カナちゃん……」
自分にすら聞こえないくらい小さな声で呟いた。
すると……。
先程まで閉まっていたカナの部屋のカーテンが開いて、ガラス越しに見えたのはカナの姿。
「っ……莉帆！」
「！」
カナが、正面にある窓の向こうにあたしの姿を見付け、急いで窓を開け、叫んだ。
驚きのあまり、反射的に腰を落とし、窓枠の下に隠れてしまった。
何!?　このタイミング……！
すっごく小さな声で名前を呼んだのに、カナがこっち見て……。
顔、そんなに見られてないよね。
すぐ隠れて良かった。
こんなに泣き腫らした目……、見せたくないから。
「莉帆！　隠れんなよ！」
窓から飛び込む声に、ビクッと体が強ばる。
焦っているようで、怒っているようにも聞こえる声。
「莉帆！」
散々泣き腫らした目から、止まることを知らない涙がボロボロと溢れてくる。
だめ。応えちゃ……だめ。

この声に応えたら、きっと……また好きな気持ちを止められなくなってしまう。
離れられなくなってしまう。
初恋はもうやめるって決めたのに。
「っ……ふ……っぅ……」
両手でしっかりと口を押さえ、少しも声を漏らさないように堪える。
「莉帆！」
何度目かの呼ぶ声の後、空気がピタリと止まった。
名前を呼ぶのを諦めたのかと思っていたら……。
「！」
ベッドのすぐ傍から届く音楽は、ケータイの着信音。
着信を告げるメロディが部屋中に響き渡った。
画面から覗く着信主の名前はカナ。
ケータイに触れるのを少し躊躇《ためら》い、ギュッと目を閉じて、通話ボタンに指を押しあてた。
何も言わずに耳に受話器を当てると、
「莉帆……？」
耳元で囁くような声が届いた。
機械越しのカナの声。
それだけで、また涙が溢れそうになる。
「莉帆……聞いてる？」
やめて。呼ばないで。
好きじゃないなら、好きになれないのなら、その声であたしを呼ばないで。

これ以上、好きになりたくない。
もう好きになっちゃいけない。

「そっち行ってもいい？」
何も答えないあたしに、カナは更に言葉を続ける。
来ちゃ駄目。
これだけは伝えなきゃ。
顔を見たら、あたしきっと……。
「だ……だめ……。なんで……？」
震える声で言葉を紡ぐ。
それきり電話の向こう側からの反応は途切れ、そーっと窓から顔を出すと、目の前の窓には誰の姿もなかった。
それと同時に、あたしの背中側にある部屋のドアが開いて……。

「会いたいからだよ」

受話器の中と、背中から同時に同じ声が耳を貫いた。
目を見開いて後ろを振り向くと、そこにはケータイを片手にしたカナの姿。
「なんで……ここに……」
「聞いてなかったのかよ」
戸惑いながら、ぺたんと座り込んでいるあたしに近付き、カナは両腕でギュッと抱き締めた。
「会いたかった」
数秒前に言ったばかりのセリフを、もう一度繰り返した。
カナが会いに来た。
あたしのところに？
だって、あたし、『莉帆』だよ？
智花じゃないよ。
あやじゃないよ。

薫じゃないよ。

まゆりじゃ……ないんだよ？

初めて……カナから……——。
莉帆に？
本当に？　嘘じゃない？
涙が溢れる。
この抱き締める腕の強さが、夢じゃない証。

「ごめん。気付かなくて……」
抱き締める腕を強くし、耳に一番近い場所でカナが苦しそうに声を出した。
「ほ……ほんとだよ……。バカ……」
しゃくり上げる声で、必死に言葉を紡ぐ。
カナがここにいて、傍にいて、嬉しい……。
「ずっと……ずっとすきだったのに……」
「うん」
「なんで……っきづかないの……」
「うん」
溢れだす想いが止まらない。
傍にいる。
カナがいる。
『莉帆』を抱き締めている。
昔からずっと、カナが好きになる女の子が嫌いで……。
でも本当は、カナが好きにならない『幼なじみの莉帆』が一番嫌いだった。

ねえ、カナ。
カナが今抱き締めているのは、幼なじみ？
それとも……――。

「カナ……すき……」
「うん」
「ほんとにずっと……カナのことだけが好き」
「うん」
「だから……」
声が震える。涙が止まらない。
強く抱き締めるから、息ができなくて苦しい。
小さな頃からずっと欲しかったの。
『莉帆』を抱き締めるカナの腕が。
あたしの願いは、昔からたったひとつだけ。

――初恋が最後の恋になりますように。

「カナ……」
「うん」
「莉帆のこと……好きになって……」
ずっとずっと言いたかった。言えなかった。
本当に好きで、大好きで、もっとずっと……傍にいたい。
今よりもっと、一番近くにいたい。
カナは、あたしの体が折れてしまいそうなくらいしっかりと抱き締め、呟いた。
「うん……」

ねぇ、カナ。

明日も……明日からも、好きでいていいですか？

それからの話を少し。
あの後、あたしたちの関係がどうなったかというと……

「カーナっ！　かーなめー！　朝だよー！　遅刻しちゃうよー！」
「近所迷惑ー……」
……実はあまり変わってなかったりする。
あたしは以前のようにカナの家に朝から上がり込み、迷惑なくらい大きな声で目覚まし役を買って出ていた。
まだ、幼なじみという関係以上になったとは言い難くて。
だけど、それでも何かが変わっているような気がする。
「おはよー、カナちゃん」
カナが今まで体にかけていた掛け布団を剥ぎ取ると、少し困った顔が口を開いた。
「はよ……」
いつもと変わらない朝。
変わらない日常。
だけど、やっぱり何かが変わっていて、日常が違って見える。

「行ってきまーす！」
揃ってカナのお母さんに出発の挨拶をし、あたし達は当たり前のように手を繋いだ。
カナはさり気なく道路側を歩いてくれていて、いつも通り黒い腕時計は左腕に収まっている。
その腕時計の意味は、前と同じなのか、それとも別の何かがあるのかは、あたしにはまだ分からない。

それでも、やっぱり何かが違っていて、ふたりの関係に名前があるのだとしたら、それはもしかしたら『幼なじみ』じゃないのかもしれない。

「カナの手冷たい」
「お前のは熱すぎ」
「カナのこと好きだから勝手に熱くなっちゃうんですぅー」
冗談めいた言葉を投げ掛け、横顔を見ると、頬が赤く染まっていた。
あたしの目線に気付いたカナは、
「……見んな」
パッと顔を逸らして、口元に片手を当てた。
「あはは！　なに？　カナが照れてる！」
「照れてねぇし、カナって呼ぶな！」

変わらない日常。
だけど、確実に変わっていく何か。
あたし達の関係に名前があるのだとしたら、それは？
今はまだ分からない。
ゆっくり時が流れて、いつの間にか名前が付けられているものなのかもしれない。
とりあえず今は、あたしの熱い手の平が、カナの冷たい手の平に熱を点《とも》していくのを嬉しく思う。

そんな中で、唯一変わらないもの。
それは、今も昔も同じ。

あたしは今日も、あなたに一番近い場所で恋をする。

うさぎのコイビト。

数学の授業中、黒板に白いチョークを走らせながら、先生がため息をついてあたしを見た。
「朝奈、起こせ」
「……はい」
出席番号が一番のあたしは、黒板に一番近い席で、眉を歪めて隣の席を見た。
そこには同じく、男子の出席番号一番の彼。
授業中だということも構わず、堂々と机に突っ伏してスースーと気持ちよさそうに寝息を立てている。
「相沢くん起きて。授業中だよ」
小声で、それでも強い口調で彼の体を手で揺する。
そのたびに小さなうめき声が上がった。
「うー……ん……」
「先生怒ってるから！」
「んんー……？」
彼は薄ら瞼を持ち上げ、ボーッとした顔であたしを黒い瞳のなかに映し出した。
「……まゆり……？」
「起きた？　授業中に堂々と寝ないでよ」
起きたはずの相沢くんは、寝呆けた表情でジーッとこちらを見てから、また机に突っ伏して寝直し始めた。
「……って、こら」
改めて寝る体勢に入る相沢くんを見兼ねて、先生が手に持った教科書をクルクルと丸めた。
「ねぇ、そろそろ殴られるよ。起きたら？」

すると、体を揺すっていたあたしの手を掴んで、
「んー……、キスしてくれたら起きる……」
ちょうど静まり返っていた教室中に、相沢くんの声は後ろの席までよく届いた。
先生は教科書を片手に、ピタッと止まっている。
寝呆け声を聞いた皆は、笑いながら様々な野次を飛ばした。
「ぎゃはは！　朝奈ー、チューしてやればー？」
「マジ？　お前らそんな関係？」
「洋司ー、やれやれ」
男子はおかしそうに笑い、女子は口に手を当ててキャーキャー言っている。
そんな中で、蓮見くんが目に涙をためながら一番大笑いしていたのを、あたしは見逃さなかった。
騒ぎにやっと気付いたのか、相沢くんはむくっと起き上がり、
「あれ？　なに？　まゆり……」
原因が自分だとも知らず、呑気に目を擦っている。
「お前顔真っ赤……」
「だ……誰のせいだと思ってんの！」
授業中だということも忘れ、思わず大声で叫んだ。

「悪かったって。寝呆けてたんだからしょうがないだろー」
「あんた寝呆けるとキスしたがるわけ⁉　……っもー！」
「だから悪かったって。なぁ、待てよ」
あの授業のあと、何だか居たたまれなくなってしまい、すぐに教室を飛び出した。
早歩きでスタスタ廊下を歩くあたしを追って、相沢くんが後ろをついてくる。
「まゆりー」

背中から聞こえる声を無視して、特に目的もなくただ廊下を歩く。
「おーい。まゆりちゃーん」
なに、まゆりちゃんって。
今までそんな呼び方したことも無いくせに、こんな時ばっかり。
「相沢くんのせいで恥ずかしくて教室戻れないの！　ついてこないでよ！」
照れ隠しのためなのか、それとも本当に怒ってるからなのか、自分でもよく分からない。

ついフンッと顔を背けると、さすがにムッとしたのか、相沢くんはあたしの腕を強引に掴み、近くの空き教室へと入った。
「きゃ……っ！　え⁉　ちょっと何……——」
言葉も最後まで言わせてもらえないまま、壁に背中を乱暴に押しつけられ、両腕にバンッと囲まれてしまった。
甦るのは、病み上がりで連れ込まれたいつかの朝。
「あ……相沢く……」
「寝呆けるとキスしたがるのかって聞いたよな」
「え……」
言いながら、近付く顔は怒っているようでどこか楽しそうな顔。
「別に寝呆けてなくたって、いつだってしたいと思ってるけど？」
「ちょ……っと、待っ……」
先ほどよりも近付く距離に、身動きがとれない。
顔の両脇に突く腕をどかそうとしても、力が強くてかなわない。
「証明してやろうか？」
「っ……！」
目の前が暗くなって、相沢くんの顔が近すぎてぼやけて見えた時……。
キーンコーンカーンコーン……。
休み時間の終了を告げるチャイムが校内に鳴り響いた。
予鈴……。
「残念」
相沢くんの顔は遠ざかり、涼しい表情で舌をペロッと出している。
顔の両脇に突いていた腕はあっさりと離れた。
「教室戻るか」
何それ。
やだ、待って。
まだ……——。
部屋のドアに手を掛ける背中を、気付いたら服を掴んで引き止めてしまっていた。
「まゆり？」
相沢くんはそのままの体勢で後ろを振り向いている。
「あ……相沢くんのせいであたし教室戻れないんだけど」
「うん？」
不思議そうに目を丸くする相沢くんの視線を感じて、顔が熱くなるのが分かる。
きっと、誰から見ても分かりやすいくらいに真っ赤だろう。
「だ、だから……責任とってサボるの……付き合って……」
途切れ途切れに真っ赤な顔で話すあたしに、相沢くんは一瞬ポカンとしてから、次の瞬間すぐに声を上げて笑った。
そして、すぐにニヤーッと笑う表情を作った。
「一緒にいたいなら素直にそう言えば？」
「なっ……！　別に……」
「あっそ。一緒にいたくないなら、俺行くし」

相沢くんはまた顔を背けて扉に手を掛けた。
「まっ、待った待った！　いたいです！　一緒にいてください！」
離れていかれることに焦り、慌てて背中に抱きつく。
相沢くんは笑いながら、べーっと舌を出した。
この意地の悪い顔は、あたしの好きなうさぎのお守りによく似ている。
片目を閉じて、アッカンベーをするひねくれ者の、水色のうさぎ。
「行かないでほしい？」
「…………うん」
素直に答えるのは癪《しゃく》だけど、あたしは小さく頷く。
「じゃあ……」
と、相沢くんは体をこちらに向け、あたしの腰に手を回した。
「キスしよっか」
「それしか言うことないの？」とか、「ここ一応学校で、今は授業中なんだけど」とか、言いたいことは色々あったんだけど、どれも口にすることができない。
肯定も否定もできないまま、唇が唇に重なってしまったから。
軽く唇を離して、相沢くんはフッと息が漏《も》れる程度に笑った。
恥ずかしいのか嬉しいのかよく分からなくて、ちょっとだけ眉をつり上げて問い掛ける。
「……目、覚めた？」
「まだ」
相沢くんはまた意地悪な顔でペロッと舌を出した。
「だからもう一回」
「……だめ」

あたしの唇は、嘘つきなあまのじゃく。
だから、ねえ。
可愛くない嘘をつく前に、早く塞いでよ。

「まゆり、もう一回」
顎に手を当てられて、逃げられない。
唇に熱が点《とも》る。
「っ……ん……、やだ……」

もう一回なんて、そんなんじゃ足りない。

あとがき

「浮気されたらどうしよう」→「よし、やり返そう」
こんなどうかしてる思い付きで始まった、『偽コイ同盟。』
まさか文庫化のお話を頂けるなんて思っていませんでした。

前回出版して頂いた『ふたりごと。』よりも、半年ほど前に執筆《しっぴつ》していたのがこの物語。
叶《かな》えたい目標があったから、自分で完結までの期間を決めて、隙間《すきま》時間を見つけては、とにかくケータイばかり触っていました。
遅筆《ちひつ》な私には時間が足りなくて、昼休み、美容院の待ち時間、眠くなる直前、などなど。とにかく書いていました。
その当時の目標が、叶ったような叶ってないような何とも微妙な感じで。結局、一年以上悩んだ結果、自《みずか》ら手放すことになりました。
そんなこともあり、この作品に関しては、連載中《れんさいちゅう》よりも完結後の方が悩むことが多かったように思います。

タイトルの『偽コイ』。これは、『恋と呼んでいいほど純粋な感情ではじまらないふたり』という意味を込めて、漢字の『恋』より、ひらがなの『こい』より、ずっとぎこちないカタカナにしました。
まゆりと相沢の、ちょっと不器用な『コイ』の話。今改めて書いてみると、また違った展開もありえたかもしれません。あの日の私にとっては、このストーリーこそが『正解』でした。
とても未熟だけど、少しでも楽しんで頂けたら嬉しいです。

『ふたりごと。』に引き続き、またカバーを実写にして頂けて。
番外編まで収録して頂けて。
うさぎがテーマの物語を、うさぎ年の今年、うさぎがマスコットのピンキー文庫から、こんなに幸せな形で本屋さんに並ぶなんて思いませんでした。

今回も機会を与えて下さったエブリスタさん、集英社さんをはじめとする、全ての関係者様に感謝を捧《ささ》げます。
この作品を救い上げて下さり、本当に有難うございます！
そして何よりも、ここまで読んで下さいました読者様に最大級のありがとうを！

叶うなら、2009年11月の私に「良かったね」って言いに行きたいです。
『偽コイ同盟。』は、私にとって、間違いなく幸せな作品です。
そう言える日が来たことが、とても幸せ。
本当にありがとうございました。

2011年7月、榊あおい

★ ファンレターのあて先 ★

〒101-8050　東京都千代田区一ツ橋2-5-10
集英社 ピンキー文庫編集部 気付
榊あおい先生

ピンキー文庫

偽コイ同盟。

2011年8月30日　第1刷発行
2013年11月26日　第6刷発行

著　者　榊あおい

発行者　鈴木晴彦

発行所　株式会社集英社
〒101-8050　東京都千代田区一ツ橋2-5-10
電話 03-3230-6255（編集部）
03-3230-6393（販売部）
03-3230-6080（読者係）

印刷所　図書印刷株式会社

★定価はカバーに表示してあります

ISBN 978-4-08-660013-2 C0193